굴뚝 밑 아이들

굴뚝 밑 아이들

창신강 지음 | 마위 그림 | 백은영 옮김

구름서재

| 한국 독자를 위한 서문 |

고향은 한 편의 영화입니다

나는 중국 톈진의 탕구신강이라는 곳에서 태어났습니다. 창신강(常新港-한자 港은 항구라는 뜻)이란 내 이름은 사실 사람 이름 같지 않고 마치 항구의 이름처럼 들립니다. 이름 때문에 재미있는 일화도 있습니다. 사람들은 나를 창신강이 아닌 창신샹(常新巷-한자 巷은 골목이라는 뜻)으로 부르는 게 더 친근하고 사람다운 이름이라고 말하곤 했습니다. 그래서인지 어느 해 잡지사에 투고했는데, 그 잡지사에서 내 작품을 발표할 때 편집자가 나의 이름을 창신강이 아닌 창신샹으로 바꾸어 놓은 일도 있었습니다.

내가 여덟 살이 되던 해 우리 가족은 중국의 가장 북쪽 지방인 헤이룽장성으로 이주하였습니다. 북쪽으로 계속 가다 보면 사람들이 거의 살지 않는 북대황이라고 부르는 끝없이 펼쳐진 황야가 있습니다. 북대황(北大荒)의 이름 조합을 살펴보면 무슨 뜻인지 알 수 있습니다. 북쪽의, 아주 크고, 황량한 땅이지요. 군인이셨던 아버지는 제대 뒤에 총 대신 곡괭이를 들고 황무지를 개간하고 농사를 지으셨습니다.

나는 북대황을 나의 고향으로 생각하고 있습니다. 내 인생의 기억이 여덟 살이 되던 해 황야에서 시작되었기 때문입니다. 그리고 내 인생의 영화도 그렇게 서서히 개막을 시작하였습니다.

《굴뚝 밑 아이들》에서 묘사된 세상은 바로 북대황입니다. 책 속에 나오는 모든 아이들은 내 인생 영화 속의 주요 역할을 담당했고, 영원히 사라지지 않는 배우들입니다. 그 안의 주인공도 나, 감독도 나이고, 극본도 내가 썼습니다. 그 안에서 황야와 함께 웃고 하늘에서 쏟아지는 폭우를 함께 맞고 눈물을 씻어내는 것도 바로 나입니다.

내가 어릴 때 살던 농장에는 진흙과 모래를 깔아 만든 거친 길 세 갈래가 있었습니다. 여름에 큰비가 내린 뒤 길 위에는 소와 말이 끌던 수레바퀴 자국이 선명하게 남았고, 움

푹 팬 자국에는 흙탕물이 고였습니다. 해가 다시 뜨고 길이 말라도 고인 흙탕물은 그대로 남아 있었지요. 그것은 마치 상처의 기억을 가진 아이가 얼굴에 흐르는 눈물을 닦으려 하지 않는 것처럼 보였습니다. 나는 그 뒤로 수십 년이 지난 뒤 미국의 서부영화 한 편을 보게 되었는데, 100년 전 미국 서부의 작은 마을을 보자 나의 고향 북대황을 떠올렸습니다.

내가 북대황에서 보낸 첫 번째 봄에 북대황 사람들은 나에게 첫 번째 인생 수업을 하도록 했습니다. 그때 당시 나는 밭에 심은 수천 그루의 묘목들이 무엇을 의미하는지 알지 못했고, 무료한 마음에 옆집 담장 밑에 심은 호박을 뽑았습니다. 호박 싹 세 개를 막 뽑았을 때 옆집 아저씨한테 들켜 버렸고, 아저씨는 나를 발로 힘껏 찼습니다. 너무 아팠습니다. 여덟 살이던 나는 엄마를 부르며 엉엉 울었습니다. 엄마가 오셔서 무슨 일인지 묻고는 나를 발로 찼습니다. 나는 심상치 않음을 깨닫고 울음을 멈췄습니다. 이웃 아저씨의 발길질에 더해진 엄마의 발길질은 나에게 작은 모종의 생명을 죽이는 고통을 느끼게 했습니다.

고통은 생명의 기억입니다.

《굴뚝 밑 아이들》에서 나는 높은 굴뚝 밑의 아이들이 성장하는 과정에서 만나는 아픔을 기록했습니다. 모든 사람들에겐 각자의 아픔이 있습니다. 심지어 소리 나지 않는 굴뚝에게도 아픔이 있고, 돈강에서 온 말도 결국 아픔을 이기지 못하고 황야를 향해 달아나 버렸습니다. 그것은 한 세대의 아픔입니다.

2018년 여름, 나는 한국의 부산에 있는 청소년을 위한 인문학 서점 인디고 서원의 주관으로 '인디고 유스 북페어'에 초청받아 강연한 적이 있습니다. 나는 다양한 연령대의 독자들로 꽉 찬 강연장에서 연설을 했는데, 그 독자들은 모두 십여 년 전부터 한국에서 출간된 십여 권의 내 작품을 읽었던 이들이었습니다. 내 작품을 읽었을 당시 그들은 아마도 아직 아이였을 텐데, 나와 대면한 그때 어떤 이들은 이미 어른이 되어 있었습니다.

나는 생각해 보았습니다. 한국의 꼬마 독자들은 나라는 중국 작가 작품의 무엇을 읽고 있을까? 무엇 때문에 나의 작품을 읽으려고 할까? 무엇 때문에 나의 작품을 아껴주는 것일까?

그날 나는 바다가 보이는 부산의 한 호텔에 머물렀는데, 바깥 풍경을 보니 마치 내가 중국의 산야, 칭다오, 샤먼 같은 곳에서 같은 바다를 마주하며 같은 파도 소리를 듣고 있는 것만 같았습니다. 오늘날 이 세계는 거의 비슷한 도시로 이루어져 있고, 사용하는 언어만 다를 뿐 그 나머지는 거의 비슷하다고 볼 수 있습니다. 이 세상 각 지역에 사는 어린이들은 만물과 함께 같은 시간에 성장하고 있습니다. 나의 책 《굴뚝 밑 아이들》 속의 장면은 너무 멀리 있고, 녹슬어 버린 역사는 점점 무심해져 가지만, 그러나 아픔은 여전히 남아 있습니다.

사람의 아픔은 모두 같습니다.

고통을 겪어 보지 않고는 행복을 느낄 수 없다는 말이 있습니다. 그 말의 뜻을 새겨볼 때 〈굴뚝 밑 아이들〉은 아픔에 관한, 성장에 관한 이야기입니다. 그리고 내가 펜으로 남긴 인생의 영화입니다.

나의 첫 작품이 처음 한국에 소개된 십여 년 전부터 지금까지 꾸준히 나의 작품을 읽어 주는 한국의 어린 독자들에게 감사함을 전합니다. 감사합니다, 여러분.

2022년 11월 하얼빈시 인화명가원에서

지은이 창신강

| 이 책을 읽기 전에 |

〈굴뚝 밑 아이들〉은 중국의 가장 추운 지방 중 하나인 헤이룽장성(흑룡강성)에 사는 옥수수라는 어린이가 겨울 동안 겪었던 일들을 통해 성장하는 모습을 담은 소설입니다.

1960~70년대의 중국은 온 나라가 정치적 변화의 소용돌이에 휩싸여 있었습니다. 정치적 이유로 많은 젊은 사람들과 지식인들은 지방의 농촌 지역으로 이주를 해야 했고, 그렇게 시골로 간 사람들은 몇 년 동안 마을에 머물며 농민들과 함께 힘든 농사를 지으며 집단생활을 했지요. 이런 마을을 '농장'이라고 불렀는데, 이 책 속에 나오는 농장도 개인이 농사를 짓고 가축을 키우는 곳이 아니라 집단생활을 하던 마을 단위를 말합니다.

옥수수가 사는 곳은 중국에서도 가장 추운 지방입니다. 그곳의 연평균 기온이 영하 4~5도이고 눈도 많이 내립니다. 마을에는 아주 높은 굴뚝이 솟아 있고 그곳에는 커다란 확성기가 잔뜩 걸려 있습니다. 확성기는 집단농장의 생활을 상징합니다. 이 확성기를 통해 마을 사람들에게 전달사항을 알리고 소식을 전하기도 합니다.

이 책을 읽기 위해서는 이런 시대적 배경을 이해하는 것이 필요할 것 같습니다.

어려운 생활 속에서도 소설 속 인물들은 그늘져 있지 않습니다. 읽다 보면 눈물이 나는데도 우습고, 우스운데도 눈물이 납니다. 작가는 재치 있는 이야기 솜씨와 기발한 생각으로 우리를 웃고 울게 만듭니다. 그것은 작가가 인간에 대한 애정과 미래에 대한 희망을 잃지 않고 있기 때문일 것입니다.

《열혈수탉 분투기》, 《나는 개입니까》, 《대장 고양이》 같은 작품에서 동물의 눈을 빌려 이해할 수 없는 인간 세상을 풍자했던 창신강 작가는 이 작품 《굴뚝 밑 아이들》에서 열두 살 소년의 눈을 빌려 어른들이 만들어낸 모순으로 가득한 세상을 꼬집고 있습니다.

옮긴이 백은영

| 차례 |

굴뚝의 높이

그 시절에는 겨울철 놀거리가 많지 않았다. 텔레비전이나 휴대전화, 컴퓨터 게임 같은 것은 아예 존재하지도 않았고, 있는 거라곤 오로지 라디오뿐이었다. 그래서 우리는 세상에 불만이 많았다.

나에게는 두 명의 친구가 있었는데, 한 명은 리즈(力子: 힘 찬이의 뜻으로 해석할 수 있음), 다른 한 명은 좐터우(磚頭 : 벽돌이라는 뜻)였다. 그 해 겨울방학 동안 우리 셋은 마치 항아리속 짠지처럼 날마다 똘똘 뭉쳐 긴긴 겨울을 함께 보냈다.

열두 살 우리는 매일 농장 광장에 우뚝 서 있는 높고 높은 굴뚝을 쳐다보곤 했었다.

저 굴뚝 높이는 얼마나 될까? 우리는 심각한 표정으로 맞춰 보았다. 내가 25미터쯤 될 것 같다고 말하자 좐터우가 나를 한심한 듯 바라보았다. "야, 너 눈깔이 삐었냐? 아무리 못해도 50미터는 되지!"

리즈가 좐터우를 쳐다보며 말했다. "뭐? 50미터? 내가 볼 때 100미터는 더 되겠다. 너도 안경 써야겠다." 리즈는 일부러 굴뚝 높이를 한껏 부풀려 말했다. 그 녀석은 좐터우의 패기를 꺾으려고 했다.

멍청이가 아닌 좐터우는 금방 리즈의 마음을 알아차렸다. "눈이 삔 건 내가 아니라 바로 너라구! 굴뚝 높이가 얼마라고?"

리즈가 말했다. "전에 보일러방에서 불 때는 꽈배기 아재한테 들은 적이 있는데, 이 굴뚝의 높이는 27미터라고 했

어. 27미터! 알겠어?"

사실 이 숫자는 증인도 있고 숫자도 정확해서 굉장히 설득력이 있었다. 나는 배시시 웃었다. 좐터우가 나를 보고 웃으며 기세당당하게 말했다. "꽈배기 아재가 이 굴뚝이 27미터인지 어떻게 알겠냐?"

리즈가 말했다. "꽈배기 아재가 직접 굴뚝에 올라가서 끈으로 재 봤었대!"

그때부터 나는 기름으로 얼룩진 꽈배기 아재를 보면 귀엽다는 생각을 하게 되었다. 사람들은 아재가 꼬질꼬질해서 장가도 못 간 불쌍한 신세라고, 아마 평생 장가 한 번 못 가 보고 죽을 거라고 했지만, 나는 그래도 꽈배기 아재가 귀여웠다.

어떤 이는 꽈배기 아재가 스물일곱 살이라고 했고, 어떤 이는 서른일곱이 훌쩍 넘었다고도 했다. 아무튼 우리는 아재가 아주 늙은 사람이라고 생각했고, 꽈배기 아재 자신도 자기가 아주 늙었다고 여겼다.

어느 날 내가 꽈배기 아재에게 이렇게 말했다. "깨끗하게 좀 하고 다녀요!"

그러자 아재는 나를 똑바로 보려는 듯 눈을 부비고 얼굴을 한 번 부비더니 물었다. "네 이름이 뭐였지?"

나는 대답했다. "애들은 나를 옥수수라고 불러요."

사실 내 이름은 아주 고상하다. 판위성(凡雨聲)··· 빗소리라는 뜻으로 아빠와 엄마가 반년을 넘게 고심해서 지은 이름이었다. 내가 엄마 뱃속에 있을 때부터 나는 이 이름으로 불렸다. 하지만 내 이름이 판위성이라는 걸 꽈배기 아재한테 말해주기보다는 내 별명을 말해 주는 게 보일러와 굴뚝, 거기에 작은 산처럼 쌓인 석탄 부스러기들과 잘 어우러져 친밀감이 느껴지는 것 같았기 때문이다.

그러자 내 예상대로 꽈배기 아재는 웃으며 말했다. "옥수수? 그거 참 좋은데. 꽈배기와 옥수수는 한 식구잖아! 언제 여기 한번 놀러 와, 내가 뜨거운 물로 목욕하게 해 줄게."

난 꽈배기 아재가 그냥 예의상 빈말하는 줄 알고 안 들은 척했다. 생각해 봐, 저렇게 꼬질꼬질해서 장가도 못 가는 남자가 어떻게 나를 뜨거운 물에서 목욕할 수 있게 해 주겠어?

설날이 다가오자 농장 주변의 사람들 모두 트랙터와 마차에 앉아 꽈배기 아재네 목욕탕으로 향했다. 농장에 목욕탕이라곤 딱 하나뿐이어서 오전엔 여자들이 씻었고, 오후엔 남자들이 씻었다. 꽈배기 아재는 보일러실 밖에서 석탄 부스러기 나르기에 바빴다. 그날도 아재는 시꺼먼 석탄과 하나가 되어 있었다.

나도 뜨거운 물에 목욕하고 싶었다. 하지만 목욕하려면 1전을 내야 했고, 나에게는 목욕보다 백배는 중요한 일들이 많아 1전을 목욕하는 데 쓰고 싶지 않았다.

설날 전날 밤, 나는 우리 집 문 앞에 아주 두꺼운 코트를 입고 있는 거무스레한 남자가 서 있는 걸 보았다. 그 사람은 누구를 기다리는 거 같아 보였는데, 바람이 불면 그 남자에게서 매캐한 석탄 냄새가 풍겼다. 가까이 다가가서 보니 그는 꽈배기 아재였다.

"여기 서서 뭐 하세요?"

꽈배기가 내 얼굴을 가까이 쳐다보더니 말했다. "옥수수구나?"

"네."

"너희 집이 어딘지 여러 애들한테 물어봤었단다."

"날 찾았다고요?"

"뜨거운 물에 목욕하러 가자."

나는 꽈배기 아재를 따라 보일러실에 가서야 그 안에 사방 2미터 남짓한 작은 목욕탕이 있는 걸 알았다. 목욕탕 안에는 뜨거운 물이 가득 채워져 있었는데, 거기에서 김이 연기처럼 올라와 보일러실을 가득 채웠다. 안에는 아무도 없었고 뜨거운 열기가 피어오르고 있었다. 나와 꽈배기 아재는 몸을 한참 숙이고 나서야 상대방의 얼굴을 똑바로 볼 수 있었다.

그날은 내가 태어나서 가장 오랫동안 깨끗하게 씻은 날이었다. 나는 꽈배기 아재에게 물었다.

"이렇게 편하게 목욕할 수 있는데 왜 늘 안 씻고 다녀요?"

꽈배기 아재는 긴 꼬챙이로 보일러실 난로 안의 붉게 이글거리는 석탄을 뒤적거리다가 뒤돌아서 나에게 대답했다.

"난 씻는 거 안 좋아해."

내가 말했다. "그렇게 안 씻으면 어떻게 장가를 가요?"

"난 씻어도 장가는 못 갈 거야."

"깨끗하게 씻으면 색시를 얻을 수 있을 거예요."

꽈배기 아재가 웃으며 탕 안에 뜨거운 물을 더 부어주었다.

나는 그날 밤 12시 10분까지 목욕을 했다. 꽈배기 아재가 창가에 놓인 낡아빠진 탁상시계를 보더니 말했다. "이 녀석, 목욕을 일 년이나 하네!"

나는 정말 행복했다. 창가에 있는 절름발이 탁상시계를 쳐다보며 물었다. "이건 얼마나 오래된 거예요?"

"나랑 나이가 같아."

"내가 이 다음에 어른이 되면 아저씨 장가갈 수 있도록 도와 줄게요."

꽈배기 아재가 멍하니 쳐다보다 한바탕 웃었다. "약속하면 꼭 지켜야 해!"

나는 탕 안에서 젖은 손가락을 뻗었다. "손가락 걸고 약속해요."

아재는 손가락 대신 내 손을 움켜쥐고 말했다. "그럼 네가 얼른얼른 자라기만 기다려야겠네?"

"근데 아저씨 몇 살이에요?" 나는 아재의 나이를 알면 시계 나이도 알 수 있을 거라고 생각했다.

아재는 한참 생각하더니 진지한 표정을 지었다. "사실 난 내가 몇 살인지 몰라."

높고 높은 굴뚝은 위대해 보였다. 나는 언젠가 그 꼭대기에 기어 올라가 높은 곳에서 남쪽을 바라보면 베이징이 보일 거라고 생각했다. 고개를 조금만 더 치켜들면 아프리카도 볼 수 있을 것 같았다.

굴뚝은 단연 최고로 높았을 뿐 아니라, 굴뚝을 얼굴이라고 치면 뺨과 얼굴에 해당하는 부분에 보석처럼 큰 스피커들을 잔뜩 달아 놓았다. 그 소리는 여름의 빗소리처럼, 겨

울의 눈보라 휘몰아치는 소리처럼 사람들의 귓가에 울려 퍼졌다.

나는 그 스피커를 통해서 탄자니아와 잠비아에서 우리나라의 원조를 받아 철도를 만들고 있다는 소식을 들었다. 우리 일당은 그 일에 대해 토론에 들어갔다. 우리가 그들에게 철도를 만들어 주니 그들은 우리에게 열대과일을 줄 것이다. 그런데 어떤 과일일까? 우리는 왜 지금까지 그 과일들을 단 한 번도 보지도 먹지도 못한 걸까?

리즈가 말했다. "베이징까지 실어나를 수만 있어도 다행이겠지. 만약 그 먼 아프리카에서 우리 마을까지 싣고 오면 과일들이 다 얼어 버리고 말 거야."

한번은 스피커에서 갑자기 사람 찾는 방송을 했다.

"16대 대장 홍셴리 씨는 주목하세요. 16대 대장 홍셴리 씨는 주목하세요. 이 방송을 듣는 즉시 당장 16대로 복귀하시기 바랍니다! 지금 당장 16대로 복귀하시기 바랍니다. 16대 창고에서 화재가 발생했습니다! 16대 창고에서 화재가 발생했습니다!"

장난기가 발동한 좐터우가 스피커 속의 낭랑한 여자 말투를 흉내 내며 말했다. "리즈 씨는 주목하세요. 리즈 씨는 주목하세요. 이 방송을 듣는 즉시 개처럼 꼬리 내리고 집으로 돌아가시기 바랍니다! 댁의 아궁이에 불이 났습니다! 댁의 집 아궁이에 불이 났습니다! 지금 댁의 집 아궁이에서 불이 나서 이불도 타고 있고 돼지우리도 불타고 있습니다! 지금 빨리 돌아가 불을 끄지 않으면 댁은 알거지가 될 것입니다. 댁은 곧 알거지가 될 것입니다!"

리즈는 한층 더 높은 여자 목소리를 흉내 내며 더 나쁜 소식을 전했다. 좐터우 씨 집이 몽땅 불에 타 버렸습니다. 좐터우 씨 집이 몽땅 잿더미가 되었습니다. 좐터우 씨 가족들은 머리카락에 눈썹까지 몽땅 타 버렸네요! 모두 공룡알 화석처럼 타 버렸습니다. 두 애들은 목이 쉴 때까지 방송 놀이에 몰두했다.

나는 미국에 100층짜리 높은 빌딩이 있다는 소리를 들은 적이 있다. 그 빌딩의 반은 거의 매일 구름에 가려져 있어, 꼭대기 층에 사는 사람들은 창문을 열어 구름부터 쫓아버린다고 했다.

나는 아주 아름다운 풍경이라고 생각했다. 하지만 좐터우는 아니라고 했다. "빌딩이 너무 높으면 언젠가 무너지고 말 거야."

나는 좐터우에게 물었다. “넌 왜 그 빌딩이 무너질 거라고 생각해?”

좐터우가 말했다. “이런 멍충이 같으니라구. 그렇게 높은 빌딩에 사는 사람들이 모두 석탄을 집에다 날라 쌓아 두는데 빌딩이 안 무너지고 배기겠냐?”

난 멍하니 있었다. 좐터우의 강경한 반응에 대응할 수가 없었다. 내가 때마다 도와달라는 신호를 보내면 언제나 내 편이었던 리즈는 늘 좐터우의 반대편에 섰었다. 그러나 이날 리즈는 나와 눈 마주치기를 꺼리며 고개를 숙인 채 땅에 수북이 쌓인 눈을 뭉치고 또 뭉치는 바람에 두 손이 새빨개져 화상을 입은 것 같아 보였다. 그리고는 들릴 듯 말 듯한 소리로 말했다. “그 백 층짜리 빌딩은 무너질 거야.”

“왜? 너도 그렇게 생각해?” 나는 풀이 죽기 시작했다.

리즈가 말했다. “야, 생각해 봐. 그 빌딩에 사는 사람이 집에다 석탄만 쌓아 놓겠냐? 거기 사는 사람들 중에는 돼지 키우는 사람도 있을 거 아냐! 돼지가 자라서 뚱뚱해지면 무게가 많이 나가니 당연히 빌딩이 못 견디고 무너지겠지!”

꽃돼지

나는 하루 종일 리즈네 집에서 놀았다.

리즈네 엄마는 돼지 세 마리를 키우고 있었다. 돼지 키우는 일 말고도 아줌마에게는 밥을 해 먹여야 하는 애들이 무려 일곱 명이나 되었다. 나는 리즈네 엄마가 너무 힘들고 속상해서 욕하는 소리를 자주 들었다. "다리 넷 달린 짐승 세 마리 키우기도 힘들어 죽겠는데, 다리 둘뿐인 네놈들 일곱 마리를 키워야 하는 내 신세 좀 봐!"

말은 그렇게 하지만 리즈네 엄마는 돼지 꿀꿀대는 소리가 안 들리거나 일곱 애들이 밥 달라고 떼쓰는 소리가 안 들리면 마음이 허전한지 아주 짧은 다리로 길가로 뛰어나와 돼지와 애들을 찾아 헤맸다. 길에서 애들을 부를 땐 욕설까지 섞었는데, 끝 음을 길게 불러 그 소리가 멀리 울려 퍼졌다.

애들 중 먼저 듣는 아이가 아줌마 앞에 나타나기라도 하면 아줌마가 욕하는 소리는 더욱 사나워져 애들을 물이 펄펄 끓는 솥에라도 빠뜨릴 것만 같았다. 그럴 때면 애들은 생쥐처럼 담벼락을 따라 아줌마 옆으로 잽싸게 빠져나갔다.

애들이 그렇게 집으로 들어가면 아줌마는 밥그릇에 밥을 가득 담아주며 또 욕을 했다. "어서 처먹어! 배 터지게 먹어!"

아이들은 신나게 밥을 먹기 시작했다. 애들 중 누군가 천천히 먹는 것 같아 보이면 아줌마는 또 욕을 했다. "밥 먹는 게 어째 돼지만도 못해! 우리에 가서 돼지들이 어떻게 밥을 먹나 보고 와! 저 녀석들은 꿀꿀대며 돌덩이까지 먹으려 든단 말야!"

리즈네 아빠가 한마디했다. "그럼 돌멩이에 설탕 두 근을 섞어줄 테니 먹어 보구려."

리즈네 엄마는 이에 질세라 큰 소리로 외쳤다. "사람이라도 굶주리면 돼지 똥까지 먹을 수 있다구요!"

리즈네 엄마와 말싸움하길 꺼리던 리즈 아버지는 고개를 숙이고 밥상을 에워싼 채 밥을 먹는 머리 일곱 개를 향해 말했다. "애들아, 너희 엄마는 배가 고프면 돼지똥도 먹을 수 있다는구나."

일곱 명의 아이들은 입안에 음식물을 가득 넣어 볼이 불룩한 채 장난기 가득한 얼굴로 아줌마를 쳐다보았다. 리즈네 엄마는 사람은 굶주리면 돼지 똥도 먹을 수 있다는 말 대신에 미소를 띠고 밥숟가락을 들고 애들을 향해 말했다.

"밥 더 먹을 사람?"

말이 끝나기 무섭게 애들 셋이 손을 들자 아줌마는 또 험하게 말했다. "아무튼 돼지 새끼들보다 더 잘 처먹는다니까!"

우리 집에는 애들이 셋 있었는데 위아래 세 살 터울이었고 나는 그중 맏아들이었다. 리즈네 애들은 모두 일곱 명이었는데 그중 리즈는 셋째였고 나이는 나와 동갑이었다. 리즈네 애들은 한 살 터울로 아들 넷, 딸 셋이었는데, 리즈네 엄마는 늘 딸 하나가 모자란다고 아쉬워했다. 리즈네 애들 이름은 모두 두 자였으니, 리즈의 원래 이름은 천젠궈, 누나는 천젠위, 동생은 천젠펑, 여동생은 천젠훙이었다.

하지만 애들이 많은 데다가 돼지까지 세 마리 있다 보니 아줌마는 늘상 이름을 생략

해 이렇게 불렀다. “리즈야!” “위즈야!” “펑즈야!” “훵즈야!”

나는 리즈네 엄마가 험한 말로 애들 혼내는 소리를 자주 들었다. 그런데 아줌마는 돼지우리에서 꿀꿀대는 돼지 세 마리에게는 말끝마다 “우리 보물단지들”이라고 했다.

리즈네 엄마는 늘 이렇게 말했다. “이 세상에서 제일 예쁜 놈들은 바로 우리 집 돼지들이야. 애들은 그 다음이라니까.”

우리 엄마가 돼지들이 더 이쁘다는 말을 이해할 수 없다며 물었었다. "리즈 엄마는 정말로 애들보다 돼지들이 더 예뻐요?"

그러자 리즈 엄마가 이렇게 대답했다. "똑같이 이쁘지. 어느 놈 하나라도 없어지면 난 땅을 치며 울어 버릴 거예요."

돼지가 팔려나가던 날 리즈네 엄마는 정말로 소리 내어 우셨다. 아줌마는 수레 뒤를 따라 걸었다. 수레 위에는 아줌마가 일 년이나 먹이고 키운 돼지 한 마리가 누워 있었다. 아줌마는 걷는 내내 눈물을 훔쳤다. 눈물을 닦는 아줌마 귀에 돼지를 아주 잘 키워서 살이 포동포동하다는 칭찬이 끊임없이 들렸다. “세상에, 돼지를 어쩜 저렇게 포동포동 잘

키웠을까. 족히 이백팔십 근은 나갈 거 같아 보이네."

아줌마는 그 소리에 바로 눈물을 멈추고 소리쳤다. "아니 이백팔십 근이라니! 삼백 근도 넘는다고요!"

아줌마는 거만한 얼굴로 말했다. "못 믿겠으면 따라와서 무게 잴 때 확인해 봐요!"

몇몇 사람들은 정말 수레 뒤를 따라 돼지 무게 재는 곳까지 들어왔다. 몇 사람이 힘을 합해 돼지 무게를 달아 보니 삼백 근이 넘자 리즈 엄마는 득의양양했다. "나는 매일 이 녀석이 살찌는 소리를 들었다니까요!"

주변 사람들이 모두 감탄하며 칭찬을 아끼지 않았다.

리즈 엄마는 큰 돼지를 팔기 전 작은 돼지를 잡아다 작은 우리에 넣고 키웠다. 일 년 사시사철 아줌마네 집 돼지우리는 단 하루도 비어있는 날이 없어 돼지들의 꿀꿀대는 소리가 끊이질 않았다. 아줌마에게 그 소리는 아름다운 음악이었다.

아줌마의 보배 같은 돼지들이 단잠을 자고 있을 때 잠 깨우는 소리가 들리면 그건 소음으로 취급했다. 농장에는 시위대들이 길 곳곳을 막으며 북 치고 소리 질러 시끌벅적한 날들이 가끔 있었다.

시위대가 아줌마네 돼지우리를 지날 때 아줌마는 두 손을 허리춤에 끼고 북 치고 징 치는 사람들 앞에 나타났다. 그 두 사람은 아줌마에게 소음을 유발하는 죽어 마땅한 자들이었다.

"아니 밥 먹고 할 일이 없나, 왜 이 난리를 피우는 거예요? 그렇게 심심해요? 우리 집 돼지들이 자고 있는데 도대체 왜 이러냐고요!"

그날 나는 좐터우와 길에서 놀다가 시위대가 다가오는 걸 보았다. 내가 시위대에 섞여 있는 아이에게 물었다. "오늘 무슨 일로 시위하는 거야?"

"나도 몰라."

"뭐하는 지 모르면서 왜 따라다녀?"

"재미있잖아!"

생각해 보니 재미있을 것 같아 나도 좐터우와 같이 시위 행렬에 따라붙으며 그들을 따라 고함을 쳤다. 한참 그러고 나니 힘들기도 하고 배도 고파서 우리는 뭘 좀 먹을 생각에 행렬을 빠져나왔다.

리즈는 자기 엄마가 거리에서 허리춤에 손을 얹고 시위 행렬을 향해 불만을 표출하며 욕을 하자 엄마 손을 잡아끌고 집으로 들어가려 했다. 하지만 무슨 이유에서인지 리즈가 아줌마 손을 잡아당길수록 아줌마는 더 큰 소리로 욕을 했다.

리즈 아버지가 리즈에게 고함쳤다. "그냥 놔둬! 실컷 욕하라고 냅둬! 거기서 저 사람들한테 퍼붓지 않으면 집에 들어와 너희들한테 퍼부을 거다!"

저녁이 되자 리즈네 엄마는 결국 목이 쉬었다. 아줌마는 온 가족을 원망했다. "내가 고함칠 때 왜 말리는 놈이 한 명도 없었어!"

리즈 아버지가 고개를 숙여 밥을 먹고 있는 일곱 머리를 향해 물었다. "니들은 왜 엄마를 말리지 않았니? 엄마가 목이 저렇게 쉬도록 놔두면 어떡해!"

밥을 입안 가득히 물고 자기 엄마를 바라보던 일곱 녀석들이 배시시 웃고 있었다.

돼지콜레라

리즈네 엄마에게 정말 가슴 아픈 일이 벌어졌다. 아줌마가 기르던 통통한 돼지가 팔려나갈 날을 앞두고 갑자기 병이 난 것이다. 돼지콜레라에 걸린 이 돼지는 병을 이겨내지

못하고 쓰러졌다. 아줌마의 보물단지 돼지는 먹지도 않고 벌건 눈으로 아줌마를 바라보았다. 아줌마는 돼지에게 환자식까지 대령했다. 소금물에 콩을 넣고 정성스럽게 끓여 돼지 주둥이 앞에 갖다 놓았다. 하지만 아줌마의 보물단지 돼지는 냄새도 맡을 수 없었고, 일어서지도 못한 채 아줌마를 바라보며 행복했던 시간을 추억하고 있는 듯했다.

아줌마는 돼지의 눈을 통해 아줌마가 그간 베풀었던 따뜻한 정과 사랑을 기억하고 있음을 느끼면서 줄줄 눈물을 떨구었다.

나는 리즈와 돼지우리 울타리로 기어가 그 광경을 목격했다. "너네 엄마 우신다."

리즈가 엄마를 쳐다보며 말했다. "엄마, 울지 말아요."

그러자 리즈 엄마는 리즈에게 소리를 질렀다. "저리 못 가! 우리 귀염둥이와 잠깐 같이 있는데 왜 훼방이야!"

리즈 아줌마와 아줌마의 보물단지 돼지를 뒤로하고 돌아설 때까지 우리는 아줌마가 어떤 결심을 하고 있었는지 전혀 눈치채지 못했다. 아줌마는 그때 병든 돼지를 죽인 뒤 그 고기를 먹기로 마음먹고 있었다. 병든 돼지는 밖에 내다 팔 수 없었고, 방역소에서 병들어 죽은 돼지는 땅에 묻으라고 명령했기 때문이다.

리즈네 병든 돼지는 한밤중에 죽임을 당했다. 리즈네 엄마는 이웃들에게 말했다. 아줌마의 보물단지 돼지는 결코 병들어 죽은 게 아니라 잠깐 감기에 걸렸던 것뿐이라고, 그래서 먹어도 아무 탈 없을 거라고.

우리 엄마는 방역소에서 일하셨다. 내 입에서 흘러나온 소식을 들은 엄마는 한걸음에 리즈네 집으로 달려가 리즈네 엄마에게 병든 돼지의 고기를 먹으면 절대로 안 된다고 당부했다. 리즈네 엄마는 별일 없을 거라고, 고온으로 잘 살균할 거라고 말했다.

우리 엄마의 태도는 단호했다. "그 고기를 절대로 애들에게 먹이면 안 된다구요!"

리즈네 엄마는 건성건성 대답했다. "그래, 알았어요. 애 아버지한테만 먹일게요."

우리 엄마는 억양을 높였다. "그 집 아저씨한테도 먹이면 안 된다구요!"

"아유, 알았어요. 그럼 나만 먹을게요."

우리 엄마는 약간 화난 듯했다. "그 누구도 절대로 먹으면 안 돼요, 어서 갖다 땅에 묻으세요!"

리즈 엄마가 또 건성으로 대답했다. "알았다구요, 내다가 땅에 묻을게요."

난 리즈네 엄마가 결코 그 병든 돼지의 고기를 땅에 묻지 않을 거라고 확신했다. 아줌마는 자신을 땅에 묻을지언정 애지중지 키웠던 보물단지 돼지를 땅에 묻을 사람이 아니었다. 내가 리즈와 그 애네 집에서 놀고 있을 때 리즈 엄마가 부뚜막에 있는 큰 솥에다 병든 돼지의 고기를 삶고 있었다. 아줌마는 고기를 삶으면서 머리를 쭉 빼들고 물었다. "얘들아, 맛있는 냄새가 나지 않니?"

코를 킁킁거리며 냄새를 맡아보니 정말 맛있는 냄새가 났다. 솔솔 풍기는 맛난 냄새 때문에 리즈와 그의 여섯 형제들은 병든 돼지의 존재를 까마득히 잊어버리고 말았다. 아이들이 한결같이 물었다, 언제 먹을 수 있냐고.

리즈네 엄마는 조금만 더 삶으면 된다고 하셨다. 병든 돼지의 고기를 솥단지에서 꺼내 놓자 리즈네 일곱 아이들은 커다란 양푼에 둘러앉아 고기를 집어 들었다. 나도 너무 먹고 싶었지만 쉽게 용기가 나지 않았다. 리즈네 엄마가 내게 먹으라고 재촉했지만 내가 꿈쩍도 않자, 아줌마는 나에게 돼지 꼬리를 건네주셨다.

"돼지는 병이 나도 꼬리는 멀쩡하단다. 사람이 감기 걸릴 때 궁둥이도 감기 걸린다는 얘기 들어본 적 없잖니, 안 그래?"

나는 웃으면서 기다란 돼지 꼬리를 받아 입에 물었다. 그 순간, 너무 맛있던 나머지 나는 모든 걸 까마득히 잊어버리고 단숨에 돼지 꼬리를 먹어치웠다.

나는 리즈네 집에서 병든 돼지의 꼬리를 먹었다는 사실을 엄마에게 비밀로 했다. 엄마가 내 말을 들으시면 나를 땅에 묻을 수도 있었기 때문이다. 다음 날 리즈네 집에 놀러 갔다. 그 집 대문에 들어서 집 안으로 들어가는 두꺼운 커튼을 젖히자 리즈네 엄마, 아빠와 일곱 남매들이 그 집에서 가장 따뜻한 구들장에 모여 앉은 채 아무 말 없이 웃지도 않고 내가 들어가는 걸 물끄러미 쳐다보고 있었다. 난 아홉 식구가 왜 집밖을 나가지 않고 모두 집안에만 있는지 좀 이상하게 생각했다. 아홉 식구가 따뜻한 구들을 모두 차지해 내가 앉을 틈이라곤 전혀 없었다.

리즈가 물었다. "넌 아무 일 없어?"

순간 나는 몹시 놀랐다. "무슨 일?"

"우리 집은 큰일 났어."

구들장에 앉아있던 어른 두 명과 아이 일곱이 똥그랗게 눈을 뜨고 나를 바라보았다.

"무슨 일인데?" 난 그제서야 그 집 식구들 모두 솜옷 단추를 풀어놓고 있는 걸 발견했다.

리즈가 불렀다. "옥수수, 이리 좀 와 봐!"

내가 가까이 다가가자 리즈는 솜옷을 벗더니 입고 있던 줄무늬 갈색 스웨터를 위로 치켜 올리고 등짝을 내보였다.

"나 이렇게 물집이 생겼어."

리즈 동생 펑즈도 소매를 걷어올리고 하얀 수포들이 잔뜩 난 팔뚝을 보여주었다. "너희 식구들 모두 이런 게 생겼어?"

"응, 모두 생겼어. 근데 내가 제일 많이 생겼어. 내가 돼지고기를 제일 많이 먹어서 그런가 봐."

리즈의 말을 들은 나는 마음이 급해져 리즈네 누나와 여동생이 있는 것도 아랑곳 않고 솜옷을 벗고 셔츠를 벗은 뒤 애들한테 보였다. "빨리 좀 봐, 나도 너희처럼 물집 생겼어?"

그때 리즈 엄마가 마침내 입을 열었다. "저거 봐, 옥수수는 돼지 꼬리를 먹어서 아무 일도 없잖아. 몸에 그깟 물집 좀 생겼다고 왜들 이렇게 호들갑을 떨고 난리야!"그리고는 나에게 당부했다. "집에 가서 엄마한테 절대로 말하지 마라. 알았지?"

"아무 일 없기만 하다면 말하지 않을게요." 사실 이건 다 헛소리였다. 나한테 무슨 일이 있으면 다 소용없는 일이었다.

그날 오후 나는 리즈네 가족과 그 집에서 꼼짝도 않고 있었다. 리즈네 엄마는 온 가족을 돌보기에 바빴다. 리즈 아줌마는 초에 불을 붙인 뒤 커다란 바늘을 촛불에 갖다 댔다. 그리고는 애들 몸에 생긴 하얀 고름 주머니를 터뜨렸다. 하얀 고름이 터져나오자 애들이 소리쳤다. "엄마야!" "이거 너무 싫어!"

특히 리즈 누나와 여동생들은 이렇게 몹쓸 것들이 자기 몸에서 돋아난 것을 저주하며 자기 것부터 먼저 터뜨려 달라고, 고름을 짜 달라고 떼를 썼다.

리즈네 엄마가 말했다. "그럼 너희가 엄마 하는 대로 바늘을 소독해서 터뜨려."

리즈네 식구들은 모두 바늘을 촛불에 대고 소독한 뒤 서로의 고름주머니를 터뜨리기 시작했다. 그 장면은 마치 구들장에 앉은 원숭이들이 서로를 긁어주는 장면과 흡사했고 나는 그 광경을 물끄러미 바라보았다.

며칠 후 나는 아줌마의 당부를 깜빡 잊고 이 일을 엄마한테 말했다. 그때 엄마는 머리를 감고 계셨는데, 내 말을 듣자마자 젖은 머리를 수건으로 감싸고 허겁지겁 리즈네 집으로 달려가셨다.

리즈네 엄마가 우리 엄마한테 말했다. "아유, 별일 없었어요. 이거 봐요!" 아줌마는 펑즈의 옷을 벗겨 자신의 치료 결과를 보여주었다. 펑즈의 물집은 이미 없어지고 거무튀튀한 딱지가 생겼다. "어때요? 다 나았죠?" 아줌마는 득의양양해서 하하하 웃었다.

엄마가 아줌마에게 말했다. "앞으로 다시는 이런 어리석은 짓 하지 말아요! 병든 돼지고기는 절대 먹으면 안 된다구요! 한 입이라도 먹으면 안 된단 말이에요, 아시겠어요!"

리즈네 아줌마는 웃으면서 알겠다고 건성으로 대답했다. 그리고는 엄마를 배웅하면서 솥단지에 남아 있던 고기가 붙어 있는 병든 돼지의 갈비를 바닥에 쏟아낸 뒤 그것들을 발로 아궁이에 들이밀었다. 엄마가 집으로 돌아가자 아줌마는 재빨리 부엌으로 들어와 아궁이에 밀어 넣었던 돼지 뼈를 주워 겉에 묻은 꺼먼 재를 툭툭 털어낸 뒤 깨끗한 물에 씻어

그릇에 담았다.

그날 리즈와 그 형제들은 엄마가 없어졌다며 한참을 찾아다니다 돼지우리 안에 쭈그리고 앉아서 자신의 머리빗으로 돼지의 털을 빗겨주고 있는 아줌마를 발견했다. 아이들이 아줌마를 부르자 아줌마는 화를 냈다. "왜 호들갑을 떨고 난리야! 그렇게 크게 안 불러도 다 들려!"

리즈도 화를 냈다. "부르면 대답을 했어야지, 우린 엄마가 무슨 일이라도 생긴 줄 알았잖아요!"

리즈 엄마가 말했다. "조용히 해. 우리 귀염둥이들 깨겠다! 우리 보물단지들이 자고 있는 거 안 보이니! 커다란 쌍꺼풀도 지고 입은 우뚝 솟아 있는 게 참 이쁘기도 하지. 너희 일곱 놈들 중에서 얘네들보다 이쁜 놈 있으면 나와 봐!"

검은책과 귀신 머리

우리 아버지는 '검은책'을 한 권 쓰셨다. 사실 그건 검은색 책이 아니라 금서였다. 그 책 내용이 무엇인지 나는 알지 못했다. 아버지도 말하기를 꺼리셨다. 내가 물으면 아버지는 마지못해 이렇게 대답하셨다. "아주 얇고 작은 책이란다."

어느 날, 그 검은책을 비롯해 우리 집에 있는 책이란 책은 모두 빼앗겼다. 농장 광장에 책들이 산더미처럼 쌓여 있었는데, 누군가 거기에 불을 붙였다.

아버지의 검은 책이 타고 있을 때 아버지는 현장에 계셨는데, 누군가 아버지를 잡아다 머리를 밀어 버렸다. 아버지는 안간힘을 쓰며 그들에게 말했다. "책만 태우면 될 것이지 왜 남의 머리까지 밀어요!"

머리 미는 사람이 말했다. "이런 검은책은 귀신이나 쓰는

타도

거니까. 귀신이 한밤중에 몰래 와서 쓰는 거잖소. 그러니 이렇게 머리를 밀지 않으면 당신이 저 검은 책을 쓴 위인이라는 걸 뭏게 알겠소?"

아버지의 책에 거무튀튀한 송진이 묻어 불이 붙자 검은 연기가 치솟았다. 그러자 책을 태우는 아저씨가 말했다.

"검은책이라서 검은 연기가 솟구치네."

평소에 아버지의 머리 모양은 단정한 편이었다. 농장 같은 곳에서 학교 선생 노릇을 하는 남자는 늘 단정한 머리를 하고 있어 단번에 공부를 많이 한 사람, 남을 가르치는 사람이라는 걸 알 수 있었다. 아버지의 머리는 농장에 있는 이발소에서 자른 것이 아니라 엄마가 자르고 다듬어 주셨다.

나는 아버지가 강제로 머리를 깎인 채 집에 들어오실 때 모자를 쓰고 머리 밀린 곳을 최대한 가리기 위해 애쓰셨던 모습을 기억한다. 아버지는 집안에서도 모자를 쓰고 계셨다. 우리에게 그 모습을 보여주고 싶지 않아 안간힘을 쓰셨다. 엄마는 바리캉으로 아버지의 반만 밀어 버린 머리를 정리하며 조금이라도 더 단정한 모습으로 만들려고 하셨다.

하지만 엄마에게는 아버지의 민 머리를 사람 모양으로 바꿀 만한 능력이 없으셨다. 엄마는 눈물을 흘리며 아버지의 머리를 보고 한숨을 쉬었다.

다음날 아침, 침대에서 일어난 나는 집안에 대머리 남자 한

명이 서 있는 것을 보고 물었다. "누구세요? 우리 집엔 왜 온 거죠?"

대머리 남자는 등을 보이며 얼굴을 한번 문지르고 한참을 머뭇거리고 나서야 뒤로 돌아섰다.

아버지였다.

"아버지, 왜 스님이 되셨어요?"

아버지는 내 말을 듣고 이렇게 말씀하셨다. "스님이 되라고 하면 가서 스님 노릇이라도 할 텐데. 이거 참."

"스님이 되면 좋잖아요." 그때 나는 스님이 아주 이상적인 직업이라고 생각했었다.

"그렇겠구나." 대답은 그렇게 하셨지만 아버지의 얼굴빛은 좋아 보이지 않았다.

"난 커서 어른이 되면 스님이 될 거예요!"

내 말이 끝나자 아버지는 힘 빠진 모습으로 나를 바라보며 무슨 말을 해야 할지 몰라 쩔쩔매셨다. 아버지의 두 눈은 빨갛게 충혈되어 있었다.

그때는 내가 여덟 살 되던 해 가을이었다.

그날 아버지는 가두행렬에 끌려나가 점심부터 저녁까지 밖으로 돌아다니셨다. 나와 동생들은 쫄쫄 굶은 채 엄마가 돌아오시기만 기다렸다. 저녁에 리즈 엄마가 리즈를 시켜 우리를 부르셨다. 우리가 리즈네 집에 도착했을 때 한 무리 사람들이 마당 한가운데 있는 큰 솥에 둘러앉아 있었다. 솥은 뚜껑을 덮었는데 그 안에 무엇이 들어 있는지 하얀 김이 모락모락 피어올랐다. 얼마 후 그 안에서 맛있는 냄새가 풍겨 나와 온 마당에 흩어져 세상을 아름답게 만들었다.

우리는 큰 솥 옆에 서서 기다렸다. 리즈네 아버지가 거칠게 말했다. “애들을 다 굶겨 죽일 셈이야?”

“3분만 기다리면 익어요!”

3분이라는 시간을 기다리는 동안 우리는 매우 행복했다. 여덟 살 나와 다섯 살 남동생, 세 살짜리 여동생은 마당에서 벌어지는 시끄러운 일들은 모두 잊어버렸다.

리즈네 엄마가 솥뚜껑을 열자 하얀 구름처럼 김이 뭉게뭉게 피어나더니 여기저기 흩어졌다. 그 안에는 누런 옥수수, 자색고구마, 옥수수찐빵이 들어 있었다. 솥 안의 양식들은 손잡고 있는 다정한 남매들처럼 서로 붙어 있었다.

그날 밤 나는 리즈네 집 마당에 서서 옥수수 네 개, 자색고구마 두 개, 옥수수찐빵 세 개를 먹었다.

우리가 신나게 그것들을 먹고 있을 때 리즈의 여동생 위

즈가 나를 쳐다보더니 말했다. "아까 길에서 옥수수 오빠네 아버지를 봤어."

그 말이 끝나기가 무섭게 리즈네 엄마가 위즈의 볼따구니를 세게 꼬집었다. "쓸데없는 소리 말고 어서 먹기나 해! 뜨거운 찐빵에 입천장 데이고 싶어?"

위즈가 볼멘 소리로 말했다. “아프게 왜 꼬집어!”

리즈 엄마가 사납게 위즈를 노려보자 내 동생은 먹던 것을 떨구고 아줌마를 쳐다보았다. 그러자 아줌마는 아무 일 없었다는 듯 말했다. “어서 먹어라. 위즈 언니가 바보같이 굴어서 아줌마가 좀 혼낸 거야… 그러니 넌 어서 많이 먹으렴.”

맛있는 것들을 배불리 먹고 난 뒤 나는 리즈네 식구들에게 말했다. “전 이다음에 크면 스님이 될 거예요.”

리즈네 부모님은 내 말을 듣더니 아무 말도 안 하셨고, 방금 얻어맞은 위즈가 물었다. “스님이 뭐야? 오빠는 왜 스님이 되고 싶은데?”

“우리 아버지가 곧 스님이 되실 거거든. 그래서 나도 되려고. 사실 나도 스님이 뭐 하는 사람인지 잘 몰라.”

위즈가 자기 엄마에게 물었다. “스님이 뭐 하는 사람이야, 엄마?”

아줌마는 아무 말도 하지 않았다. 엄마의 대답을 듣고 싶은 위즈는 다시 보채며 물었다. “스님이 염불하는 사람이야?”

아줌마는 아무 말도 하지 않고 위즈를 째려보더니 다시

한번 위즈의 뺨따귀를 꼬집어 비틀었다. 위즈는 마침내 울음을 터뜨렸다. 서러워하며 엉엉 울었다. 아줌마는 우는 애를 달랠 생각은 하지 않고 나에게 말했다. "옥수수야, 옥수수 한 개 더 먹으렴. 배가 부르고 나면 이다음에 커서 스님이 되고 싶은 생각이 없어질 수도 있단다."

그날 나는 따끈한 아랫목에서 잠들 때까지 대낮에 있었던 무섭고 배고픈 시간들이 생각났다. 한밤에 배가 더부룩하고 갑갑했다. 리즈네서 너무 많이 먹어 배 속이 꽉 찬 것 같았다. 나는 밖으로 나가 우리 집 울타리 밑에 쭈그리고 앉아 볼일을 보았다. 하늘에 떠 있는 맑고 차가운 가을 달을 보면서 나는 옥수수 알갱이들을 모두 배출했다. 구린내가 열린 창문을 통해 집 안으로 들어갈까 봐 걱정된 나는 삽으로 흙을 퍼다 그 위에 덮었다.

보름쯤 지나면 내 배 속에서 나온 옥수수 알갱이들은 어디선가 싹을 틔우고 있을 것이 틀림없었다. 하지만 곧 겨울이 닥칠 테니 옥수수는 자라지 못하고 서리를 맞아 얼어 죽을 수도 있었다.

나는 옥수수가 죽을까 봐 걱정되어 고민하다 리즈와 좐터우에게 이 얘기를 털어놓았다. 두 녀석은 한 편이 되어 나에게 헛소리를 한다고 놀려댔다. 못 믿겠으면 우리 집에 가서 보라니까! 그러자 좐터우가 말했다. "뭐야? 네가 싼 똥을 구경하라고? 아유 더러워! 난 내가 싼 똥도 보기 싫다구!"

리즈가 한술 더 떴다. "그럼 옥수수 네가 만약 두꺼비 한 마리를 잡아먹으면 뱃속으로 들어간 두꺼비가 똥꼬로 나와서 팔짝팔짝 뛰어다닐 수 있다는 말이잖아!"

좐터우도 거들었다. "누가 아니래. 두꺼비 한 마리 먹어 보시지. 정말 나와서 뛰어다니나 좀 보자구!"

내가 졌다. 나는 생명력에 관한 심각한 문제에 대해 그 녀석들을 설득할 자신이 없었다. 하지만 마음속으로 옥수수가 분명 싹을 틔울 거라고 확신했다.

여덟 살이던 그해 가을이 지난 후, 아버지는 노역장으로 끌려가셨고 더 이상 선생님 노릇을 하지 않으셨다. 나는 아버지가 머지않아 스님이 되러 떠나실 것만 같았다. 아버지는 곧 스님이 되러 가실 거야! 하지만 내가 열두 살이 된 지금까지 아버지는 머나먼 곳에서 노동을 하고 계실 뿐 스님이 되러 가지는 않으셨다.

채찍 허리띠

좐터우의 허리춤에는 허리띠로도 쓸 수 있고 무기로도 사용할 수 있는 질긴 소가죽으로 만든 채찍이 묶여 있었다. 나는 언젠가 녀석이 고학년 형들과 싸우는 걸 본 적이 있었다. 우리가 도착했을 때 좐터우는 고군분투하며 한 손으로는 바지를 움켜쥐고 다른 한 손으로는 가죽 채찍을 휘두르고 있었는데, 그 모습은 마치 날카로운 이빨을 드러낸 늑대 떼를 대적하는 것처럼 엄청 멋있어 보여 소름이 돋을 정도였다.

소가죽 채찍은 아무나 가질 수 있는 흔한 물건이 아니었다. 좐터우의 아버지는 마부여서 소가죽 채찍을 갖고 계셨고, 좐터우의 채찍 겸 허리띠는 자기 아버지가 쓰다가 버린 낡은 채찍이었다. 좐터우의 아버지는 말 네 마리가 끄는 마차를 몰았는데, 그 위풍당당한 모습은 좐터우에게 그대로 대물림되었다. 좐터우는 자기 아버지가 겨울에 마차를 몰고 하얀 눈 덮인 들판을 지날 때 마차 위에 앉아서도 먹이를 찾아다니는 쥐새끼들을 채찍으로 때려죽일 수 있다고 말했다.

나와 리즈는 좐터우가 하는 말을 듣기만 했을 뿐 직접 보지는 못했다. 사실 좐터우도 직접 본 적이 없는데 본 것처럼 허풍을 떨었다. 녀석은 또 여름이면 자기 아버지가 채찍으로 얼굴 주변에서 윙윙거리는 모기를 잽싸게 때려잡아 손에 올려놓고, '숫놈이군!'이라고 말한다고 했다.

나와 리즈는 그 얘기를 넋 놓고 들었다. 그 뒤로 좐터우의 아버지가 마차를 몰고 우리 곁을 지날 때 말들 목에 달린 방울 소리가 울리고 좐터우네 아버지가 채찍을 공중으로 휘두르며 거리를 누비는 광경을 목격하면 나는 현기증을 느끼며 얼른 길 가장자리로 비켜섰다.

좐터우는 같은 모양틀에서 찍어낸 듯 자기 아버지를 쏙 빼닮았다. 검은 머리에 진한 눈썹, 넓적한 코, 커다란 입, 사각턱에 까무잡잡하고 불그스레한 얼굴까지 완전 판박이였다. 누가 어디서 어떻게 좐터우를 보든지 간에 그 애는 정말 영웅 같아 보였고, 매일 방송되는 드라마에 나오는 남자 주인공들은 모두 좐터우의 먼 친척이라도 될 것만 같았다.

좐터우의 아버지는 우리 같은 조무래기 어린애들과는 말을 섞지 않으셨다. 우리에게 기껏 하시는 말씀이라고는 "저리 비켜!" "저리 가라!" "멀리 떨어져!" 같은 말뿐이었다. 좐터우도 이런 말들을 자주 했는데, 녀석의 당당한 패기는 자기 아버지가 자주 하는 이런 말들로부터 배운 것 같았고, 우리는 그런 좐터우가 대단한 놈이라고 생각했다. 나와 리즈 외에 많은 남자애들은 좐터우의 허리띠가 가죽 채찍인 걸 알고 좐터우에게 상의를 올려 보여달라고 했다. 하지만 좐터우는 쉽게 그것을 보여주지 않았다.

내가 말했다. "야 좐터우, 애들한테 보여주면 어때서 그래! 그게 닳아 없어지는 것도 아니잖아!"

그때마다 좐터우는 보여주지 않고 이렇게 한마디 했다. "너희들한테 자꾸 보여주면 지금은 아니더라도 나중엔 닳아 없어져 버린단 말야!"

세상 일이란 참으로 희한했다. 좐터우가 허리띠를 보여주지 않겠다고 할수록 아이들은 그 허리띠를 신비하게 여겼고, 보고자 하는 열망은 더욱 커져 갔다.

그 무렵 농장은 이미 단체로 변했고, 농장장은 이제 농장장이 아닌 단장으로 불리게 되었다.

뤄 단장의 아들은 우리보다 두 살 더 많은 열네 살이었다. 우리는 모두 그를 다뤄라고 불렀는데, 부르다 보니 그 이름은 당나귀란 뜻인 다뤼로 변해 버렸다. 다뤼는 자기 아버지의 군복을 고쳐 만든 옷을 입고 다녔는데, 길이만 잘랐을 뿐 전체를 줄이지 않아 큰 군복을 입은 모습은 우리보다 덩치가 훨씬 더 커 보였다. 다뤼는 항상 한 무리의 추종자들을 몰고 다니며 '멋짐 폭발'을 보였는데, 오로지 한 명 좐터우만은 그 형을 따르지 않았다.

그날도 좐터우는 허리띠 채찍을 휘두르며 한 떼의 늑대들과 홀로 맞서 싸우고 있었는데, 그중의 우두머리 늑대는 바로 다뤼였다. 다뤼는 좐터우가 휘두르는 채찍에 맞아 아파서 쩔쩔맸다. 다뤼는 그제야 자신의 허리춤에 차고 있던 것이 정통 군인들의 가죽 허리띠임을 깨닫고 그것을 빼 들었다. 하지만 허리띠를 뺀 순간 너무 큰 군복 바지가 허리춤에서 흘러내렸다. 좐터우의 채찍으로 엉덩이와 허벅지를 두 대나 더 얻어맞은 다뤼는 소리 지르며 걸음아 날 살려라 하고 도망쳤다.

사실 좐터우의 허리띠를 가장 보고 싶어했던 사람은 바로 다뤼였다.

다뤄는 뜻밖에도 중재자를 보내왔는데, 바로 리즈였다. 리즈는 내 앞에서 좐터우에게 말을 전했고, 좐터우는 적을 대하는 태도로 눈을 부라리며 소리쳤다. “다 꺼지라고 해!”

좐터우의 그 “다 꺼지라고 해!”라는 말의 꺼져야 할 상대에는 다뤄뿐 아니라 리즈도 포함되어 있었다. 좐터우는 리즈가 간신배처럼 여기 붙었다 저기 붙었다 한다며 못마땅하게 여겼다.

사실 나는 다뤄가 중재를 부탁했을 때 리즈가 거절하지 못하고 몹시 난감해했을 모습을 상상해 볼 수 있었다. 그런 리즈에게 좐터우는 “꺼져!”라고 욕을 했으니, 리즈는 고개를 떨구면서 낙심한 모습으로 등을 돌려 집으로 돌아갈 수밖에 없었다.

우리 셋은 처음으로 대낮에 둘만 남게 되었고, 나는 몹시도 속이 상하고 기분이 좋지 않았다. 나와 좐터우는 눈밭에 앉아 아무 말도 하지 않았다. 냉기가 솜바지 안으로 스며들었지만 우리는 고집스럽게 눈밭에서 일어나지 않았다.

나는 좐터우가 먼저 리즈에게 무슨 말이라도 건네며 사과의 뜻을 전해야 한다고 생각했다. 비록 우리가 사나이로서 단 한 번도 남에게 사과해본 적이 없다 하더라도, 이번만큼은 무슨 일이 있어도 좐터우가 먼저 사과를 해야 한다고 생각했다.

좐터우가 나를 보며 강압적인 말투로 물었다. "너 계속 여기 앉아있을 거야?"

나는 기분이 상했다. 이런 상황에서 꼭 그런 말을 해야 돼? 내가 여기서 일어나 가버리면 이 눈밭에 자기 혼자 남아 있다가 눈사람이 될 게 뻔한데 말이야!

"그럼 나보고 어디 가라는 거야!" 녀석에게 나는 화를 냈다.

"가서 리즈를 데려와야지! 얼른 오라고 해!"

"네가 가서 데리고 와! 꺼지라고 한 사람은 바로 너야!"

좐터우는 아무 말도 하지 않았다. 본인이 잘못한 걸 알았을 때 입을 꾹 다무는 것은 좐터우의 장점이었다. 하지만 한 마디 한 마디 논쟁을 계속 이어나갈 땐 모든 잘못이 본인이 아닌 다른 사람에게 있다고 생각하는 거다.

좐터우는 벌떡 일어나 엉덩이의 눈을 털어내고 리즈네 집 방향으로 성큼성큼 걸어갔다. 나는 녀석의 뒤를 쫓아가면서 속으로 웃었다. 녀석이 사과하러 가는 모습은 마치 고양이가 쥐에게 잘못을 빌러 가는 것처럼 보였다.

하지만 그건 나의 착각이었다.

좐터우는 리즈네 집 문밖에 서서 들어갈 생각이 없는 듯 서성이더니 고개를 돌려 나를 향해 말했다. "들어가야지! 안 들어가고 여기 서서 뭐 하는 거야!"

그러고는 허리춤에서 소가죽 허리띠를 잡아 빼 한 손으로는 바지를 잡고 한 손으로는 눈 위에 대고 채찍을 휘둘러 눈을 가루로 만들었다. 타 타 타! 차가운 채찍 소리가 눈에 부딪히며 아주 특별한 소리를 만들었다.

집안에서 채찍 소리를 들은 리즈가 마당으로 나와 마당 밖에서 채찍을 휘두르는 좐터우를 바라보았다.

나는 자존심 강한 좐터우가 이렇게라도 리즈를 불러 사과하고 있음을 알고 있었다. 리즈도 좐터우가 미안해하고 있음을 알아차리고 녀석의 마음을 받아들였다. 좐터우는 땀을 흘리고 있었다. 녀석은 모자를 벗어 눈밭에 던져 버렸다. 머리에는 뜨거운 김이 모락모락 피어올랐다. 그럼에도 불구하고 좐터우는 채찍질을 멈추지 않았고, 눈은 밀가루처럼 일어 올랐다. 채찍질하는 시간이 길어질수록 길게 사과하고 싶다는 뜻으로 보였다.

리즈는 문을 열고 나와 모자를 주워 좐터우에게 던져주며 말했다. "가자!"

좐터우는 채찍을 허리에 매고 모자를 똑바로 썼다. 그러자 마치 펄펄 끓는 솥에 뚜껑을 덮은 듯 머리에서 나오던 김이 없어졌다. 이번에는 좐터우가 리즈의 뒤를 따라갔고, 나는 좐터우의 뒤를 따라갔다. 좐터우의 그런 모습은 정말로 사나운 고양이가 고집스러운 쥐를 쫓아가는 모습과 같았고, 또 진심으로 쥐를 위해 무언가 해주고 싶어 하는 듯 보였다. 정말 우스꽝스러운 장면이었다.

나와 좐터우, 리즈는 농장에서 가장 넓은 거리로 나갔다. 그곳에서 다뤄의 아버지 뤄 단장이 똥을 줍고 있었다. 우리 셋은 그 자리에 서서 군복 입은 사람들이 동네에서 가장 번화한 곳에서 똥 줍는 광경을 바라보았다. 뤄 단장의 똥바구니에는 얼어붙은 닭똥들이 들어 있었다.

좐터우가 내게 물었다. "옥수수, 저 단장은 왜 똥이 많은 지저분한 곳에 가서 줍지 않고 이렇게 깨끗한 길에서 똥을 주울까?"

내가 대답하려는 순간 리즈가 가로채 말했다. "다뤄네 아버지는 진짜 줍는 게 아니라 남한테 보이기 위해 줍는 척하는 거야 척."

굴뚝에 매달려 있는 스피커는 겨울이 되면 날마다 동네 아이들을 불러내어 이듬해에 거름으로 쓸 똥을 줍게 했다. 좐터우가 말했다. "똥을 아프리카로 실어 날라야 한다면 그건 오직 우리 아버지 마차만 옮길 수 있어."

"아프리카에 똥이 없겠냐? 우리 똥은 전혀 필요하지 않을 거야!" 내가 말했다.

오후가 되자 우리 셋은 또다시 그 거리로 나갔고 다뤄의 아버지 뤄 단장과 정면으로 마주쳤다. 뤄 단장의 똥바구니에는 여전히 닭똥이 들어 있었다.

"저 아저씨 똥이나 주울 줄 아는 걸까?" 좐터우가 뤄 단장의 바구니를 들여다보고는 뒤돌아 우리에게 물었다.

그 말에 리즈가 대답했다. "그러게 말야, 영 의심스러워. 저 아저씨 바구니에 있는 닭똥은 틀림없이 자기네 집 닭장에서 긁어온 걸 거야."

그 말을 듣던 나는 웃음을 터뜨렸다. 아무래도 리즈의 분석이 맞는 것 같았다.

그때 좐터우가 뤄 단장에게 다가가 말을 건넸다. "단장님, 그 똥 말이에요, 여기서 주우신 거예요? 아니면 아저씨네 집 닭장에서 긁어오신 건가요?"

다뤄네 아버지는 아이들한테 무슨 큰 비밀을 들키기도 한 사람처럼 순간 당황스러워 했다. 그러더니 갑자기 큰 소리로 화를 냈다. "이놈들이 무슨 말버릇이 그래! 니들 누구네 집 애들이야! 어!"

다뤄 아버지의 고함소리에 우리 셋은 줄행랑을 쳤다.

다음 날, 우리 셋은 길에서 다뤄네 패거리들과 마주쳤다. 녀석들은 모두 여섯 명으로 키가 우리보다 머리 반은 더 컸다. 패거리들은 둘이 한 명씩 잡고 우리를 막아섰다. 다뤄가 득의양양하게 말했다. "좐터우, 네 손으로 허리띠를 풀어서 보여줄래? 아니면 이 몸이 직접 풀어 드릴까?"

나는 속으로 생각했다, 이번에는 결국 좐터우가 허리띠를 빼앗기고 손으로 흘러내리는 바지춤을 붙잡고 집에 돌아가겠구나. 하지만 뜻밖에도 좐터우가 다뤄에게 이렇게 말했다. "뭐 하나만 물어보자. 만약 사실대로 말해 주면 내 허리띠를 너한테 줄 수도 있어."

다뤄는 몹시 흥분했다. 세상에 이렇게 듣던 중 반가운 제안이 있다니, 다뤄는 손해 볼 게 전혀 없었고, 그 어떤 대가를 치를 필요도 없지 않은가. "뭔데? 빨랑 말해 봐!"

"어제 너네 아버지가 길거리에서 똥 줍는 걸 봤는데, 아침부터 오후 내내 바구니 안에 닭똥밖에 없더라고. "

그러자 다뤄가 말을 받아쳤다. "우리 아버지는 단장님이셔서 사람들한테 겨울에 열심히 비료 모으자고 호소하시는 거잖아."

좐터우가 물었다. "너희 아버지가 모범이 되고 싶어 하시는 건 나도 알아. 내가 물어보고 싶은 건, 너네 아버지 바구니에 있는 닭똥이 너희 집 닭장에서 털어온 것인지 아닌지 묻고 싶은 거야."

다뤄가 대답했다. "그래, 네 말이 맞아. 그거 우리 아버지가 우리 집 닭장에서 꺼내 바구니 안에 집어넣은 거야."

나는 다뤄가 그 사실을 그렇게 금세 털어놓을 줄 몰랐다. 좐터우가 자신의 팔목을 잡고 있는 두 녀석에게 말했다. "손을 놔줘야지 허리띠를 풀어서 다뤄에게 줄 거 아냐!"

두 녀석이 팔을 놓자 좐터우는 허리띠를 풀었다. 그리고는 다뤄에게 건네주는 척하다가 느닷없이 허리띠로 다뤄의 얼굴을 갈겼다. "웃기고 있네, 너네 아버지가 거짓말장이인데, 네 녀석이 좋은 놈일 리가 없지!"

다뤄의 얼굴에 길게 핏자국이 생겼다. 나와 리즈는 좐터우가 허리띠를 풀어 휘두르면 누구도 못 말린다는 걸 잘 알고 있었다. 언제 끝날지 모른다는 것을. 좐터우의 흥분한 모습을 보자 나와 리즈를 붙잡고 있던 놈들이 손을 놓고 도망치기 바빴다.

다뤄가 얼굴을 감싸며 소리쳤다. "좐터우, 너 이 자식 꼼짝 말고 여기서 기다려! 우리 집에 있는 아버지 총을 가져다가 머리를 날려 버릴 테다!"

그날 밤, 다뤄는 아버지의 총을 가져오지 않았고, 대신 그 애 아버지 뤄 단장이 몇 사람을 데리고 좐터우 집으로 쳐들어왔다. 그때 좐터우네 식구들은 밥을 먹고 있었는데, 뤄 단장 일당이 들이닥치자 좐터우네 아버지는 의아해하며 따뜻한 곳에 앉으라고 권했다. 그러나 뤄 단장은 앉을 생각이 전혀 없는 듯 등 뒤에 서있던 아들 다뤄를 앞에 세우고 다뤄 얼굴을 가리키며 큰 소리로 위협했다. "이거 보쇼! 당신 아들이 우리 애 얼굴을 채찍으로 이 꼴로 만들어 놨어, 이거 어쩔 거야!"

좐터우는 자기가 큰 사고 친 것을 깨닫고 맨발로 도망치려 했으나 아버지한테 목덜미를 잡혔다. 다뤄네 아버지가 좐터우네 아버지에게 말했다. "애를 때릴 생각 말고, 그 녀석 허리띠를 내놔요!"

좐터우가 허리춤에서 허리띠를 빼내자 좐터우 아버지와 다뤄 아버지가 물끄러미 쳐다보았다.

좐터우 아버지는 아들이 허리에서 풀고 있는 것이 허리띠인 줄 알았는데, 사실 그것은 채찍이었다.

다뤄네 아버지 뤄 단장은 좐터우가 허리춤에서 채찍을 풀 줄 알았는데, 사실 그것은 허리띠였다.

뤄 단장은 문제의 허리띠 채찍을 들고 집밖으로 나왔다. 함께 온 무리 중 한 사람이 좐터우의 허리띠에 기름을 바른 후 성냥으로 불을 붙였다. 좐터우는 불타고 있는 자신의 허리띠에서 기름이 흘러내려 눈 위에서도 꺼지지 않고 지글지글 타고 있는 광경을 보고 있었다.

좐터우의 허리띠가 다 타 버린 뒤에야 다뤄의 아버지는 사람들을 데리고 나갔다.

이번에 좐터우가 친 사고는 작은 건이 아니었다. 좐터우는 아버지에게 맞을 각오를 하고 있었는데 예상 밖에도 문을 닫으며 말씀하셨다. "그만 자거라."

하지만 좐터우는 밤새 마음을 놓지 못하고 아버지가 자신이 자고 있을 때 때리기라도 할까 봐 경계심을 늦추지 않았다. 속옷 바람으로 자고 있으면 도망칠 수 없을 것 같아 좐터우가 조심스럽게 아버지에게 물었다. "아버지, 나 진짜 안 때릴 거야?"

좐터우 아버지가 대답했다. "벌써 때렸잖니. 내일 진짜 소가죽 허리띠를 만들어 주마."

좐터우는 다음날 이 이야기를 들려주면서 눈시울을 붉혔다.

돈강말과 집회

좐터우의 아버지가 몰고 다니는 말 네 마리가 끄는 마차가 어느 날 갑자기 한 마리의 괴물이 폭주하는 마차로 변해 버렸다. 그 말 중 한 마리가 보통 말보다 두 배는 더 큰 놈으로 유난히 털이 길었고, 다리도 엄청나게 굵었으며, 네 개의 발굽은 마치 세숫대야처럼 컸다. 좐터우의 아버지가 마차를 몰고 우리 옆을 지날 때 그 말은 따가닥 따가닥 소리를 내며 얼어붙은 땅을 밟고 지나갔는데 그 모습은 정말 위엄이 있어 보였다. 좐터우는 말했다. "저 녀석은 돈강말이라고 해. 러시아 돈강* 주위에서 풀을 뜯어 먹고 자랐대."

---

*돈강 중앙러시아에서 시작하여 유럽 동부로 흘러드는 강. 이곳에서 자라는 말이 유명하여 돈강말이란 이름이 붙여졌다.

사람들이 하는 얘기를 들어보면 원래 그 돈강말이 처음 농장에 들어왔을 때 말의 주인은 좐터우 아버지가 아니라 어떤 젊은 마부였다고 한다. 그 사람이 돈강말을 타고 50미터도 가지 않았는데 갑자기 돈강말이 놀라 들판으로 마차를 내달렸다고 했다. 눈 앞에 펼쳐진 드넓은 설원을 바라본 돈강말은 자기 고향으로 돌아왔다고 생각했는지 그제서야 멈춰 섰고, 그 젊은 마부는 마차에서 떨어져 다리가 부러지고 뇌진탕에 걸렸다고 했다.

좐터우의 아버지는 그 말을 농장에서 멀리 떨어진 곳으로 자주 몰고 나가 끝없이 펼쳐진 설원과 눈 덮인 산을 보여주었다. 매번 말을 끌고 먼 곳으로 나갔을 때마다 돈강말의 두 눈에는 눈물이 가득 고여 있었는데, 눈물을 떨구지는 않았다. 아저씨는 그런 말의 눈을 바라보며 많은 생각을 했다.

돈강말은 성격이 온순하고 사람 말도 잘 알아들었다. 그래서 아저씨는 돈강말을 인수해 몰게 된 뒤로 말들에게 더 이상 채찍을 휘두르지 않았다. 그저 마차 위에 올라앉아 줄을 잡고 말의 솟아오른 엉덩이를 한 번 치면서 "가자!"라고 외칠 뿐이었고, 그럴 때 돈강말은 두 다리를 치켜들고 출발했다.

아저씨가 "가자!"라고 말할 때는 주인이 말에게 명령하는 것 같지 않고, 마치 오랜 친구와 가족, 형제들에게 다정하게 말하는 듯했다.

쥔터우가 흥분하면서 돈강말에 대해 얘기하는데 마치 겨울의 햇빛이 구름에 가려진 듯 갑자기 낙담하는 눈빛이 역력했다. "아버지는 돈강말한테는 그렇게 잘해주면서 나한테는 늘 윽박지르기만 하셔. 내가 나갈 때 뭐라고 하시는 줄 알아? 이 녀석 사고 치지 마! 또 사고 쳤다간 채찍으로 때려 줄 테다! 이러신다니까."

리즈가 깔깔 웃으며 말했다. "쥔터우, 아저씨가 때리려고 하시면 그냥 겉옷 벗고 맞아 드려. 이제 돈강말이 아까워서 못 때리시니 너라도 대신 맞아 줘야지."

쥔터우는 리즈의 말이 끝나자 매 맞는 상상이라도 한 듯 손으로 자신의 엉덩이를 만졌다.

그 겨울, 돈강말에게 특별한 임무가 주어졌다. 바로 대포를 싣고 왔다 갔다 하는 모습을 사람들에게 보여주는 것이었다. 특히 큰 행사나 집회가 있는 날 돈강말은 단상 옆에서 위풍당당한 모습으로 긴 털을 휘날리며 히히힝 소리를 내고 단상 옆에 서 있었다. 그때 우리 모두는 돈강말이 대포를 싣

본부석
하자!

고 있을 때 더 멋지게 보인다고 생각했다.

일주일이라는 짧은 시간 동안 다뤄의 아버지 뤄 단장은 농장 광장에서 큰 집회를 세 번이나 열었다. 그중 한 번은 회의 중에 돈강말 엉덩이 뒤쪽에서 뿡뿡 하며 흰 연기가 뿜어져 나오더니 엄청난 양의 똥을 쌌다. 그러자 뤄 단장은 감탄하며 말했다. “우리 돈강말까지 비료 모으기에 동참하고 있는 거 보세요, 정말 대단하죠!”

모여있던 사람들이 낄낄거리며 뤄 단장의 연설은 아랑곳하지 않고 모두 고개를 돌려 돈강말의 엉덩이에 집중했다.

뤄 단장은 매번 좐터우 아버지에게 옷을 단정하게 입고 얼굴을 뒤덮고 있는 수염도 깨끗하게 정리하고 면도도 하고 돈강말을 데리고 회의에 참석하라고 요구했다.

뤄 단장은 또 아저씨한테 돈강말도 보기 좋게 꾸미고 털도 잘 빗질해 주고 깨끗하게 목욕도 시키라고, 이번 겨울에는 일도 시키지 말고 집회가 열릴 때 잘 데려오기만 하라고 했다.

아저씨는 이해할 수 없다는 듯 뤄 단장에게 물었다. “돈강말은 지금 힘이 넘쳐나는데 일을 시키지 말라고요?”

뤄 단장이 말했다. “그래요, 회의에만 참석시키면 된다니까!" 뤄 단장은 농담 같은 건 아예 하지 않았고, 항상 명령조로 남들과 말했다. 하지만 아저씨는 그의 말을 항상 농담처럼 받아들였다.

아저씨가 말했다. "이 녀석은 땀 빼고 힘 빼지 않으면 앓아눕습니다. 온몸의 근육 좀 보세요. 이 튼튼한 다리와 발 좀 보라고요. 다 일하라고 있는 거고 이렇게 생긴 거 아닙니까!"

좐터우는 몰랐겠지만 그때 아저씨는 정말로 뤄 단장에게

채찍을 휘둘러 뤄 단장의 살찐 엉덩이을 후려치고 싶어 했었다.

좐터우의 아버지가 좐터우에게 말했다. "열흘 동안 돈강말이 종일 먹기만 하고 힘을 안 쓰고 집회만 참석하다 보니 땀 한 방울 안 흘려 살이 쪘구나."

좐터우 아버지도 살이 좀 찐 것 같았다. 왜냐하면 아저씨도 열흘 동안 돈강말을 데리고 집회에만 참석했지, 땀도 안 흘리고 힘도 안 썼기 때문이다. 지난 시간을 되짚어 보면 좐터우 아버지는 면도를 거의 하지 않아 항상 수염이 덥수룩했다. 수염이 온 입가를 뒤덮어 밥 먹기 불편할 때만 가위로 조금씩 잘라 입만 겨우 삐죽 보이게 했다. 하지만 지금은 집회 때문에 거의 매일 거울을 보고 깔끔하게 면도했다.

처음 좐터우 아버지가 수염을 깎던 날에 돈강말은 아저씨를 알아보지 못했다고 한다. 심지어 아저씨를 보고 놀라서 계속 뒷걸음질 쳤고 줄도 끊어 버리려고 했다.

좐터우가 우리에게 말했다. "돈강말은 수염 덥수룩한 우리 아버지 얼굴만 기억하고 있어서 깨끗하게 면도한 아버지를 알아보지 못한 게 분명해. 수염을 밀어 버리니까 딴사람처럼 보여서 걔가 못 알아보고 깜짝 놀란 거야."

황야를 향하여

돈강말에게 사고가 터졌다.

그날은 눈이 정말 많이 오는 날이었다. 굴뚝 위의 확성기는 해가 뜨지도 않았는데 울리기 시작했다. 모두 농장으로 나와 집회에 참석하라는 내용이었다.

나와 좐터우, 리즈가 서둘러 떠들썩한 광장에 도착했을 때, 광장 바닥의 눈은 이미 깨끗하게 치워져 검은 흙바닥이 드러났다.

나는 좐터우에게 왜 아저씨와 대포를 실은 돈강말이 보이지 않는지 물었다.

리즈도 궁금했다. "그러게 말야, 좐터우, 너희 아버지는? 돈강말은? 대포는?"

집회 참석자들은 돈강말과 대포가 보이지 않아 집회를 열

수 없게 되자 서로 수다를 떨기에 바빴다. 뤼 단장은 단상에 올라서서 손을 허리에 짚고 한쪽 방향을 바라보고 있었다.

리즈가 좐터우에게 말했다. "뤼 단장은 너희 아버지가 돈강말을 데리고 오기만 기다리고 있는 거 같아."

이때 뤼 단장의 비서로 보이는 남자가 단상 위로 올라가 뤼 단장에게 무슨 말을 했는데, 뤼 단장은 그 얘기를 듣자마자 화난 듯 주먹으로 탁자를 내리쳤다.

좐터우가 마구간을 쳐다보더니 이내 우리에게 말했다.
"무슨 일이 생긴 거 같아."

"누구한테?"

우리는 좐터우가 말하는 무슨 일이 돈강말한테 생긴 건지, 아니면 아저씨한테 생긴 건지 알 수 없었다. 어쩌면 대포에 문제가 생겼을 수도 있었다. 아무튼 무슨 일이 생긴 건 분명했다!

좐터우가 쏜살같이 눈 덮인 담장을 돌아 미끄러지듯 마구간을 향해 달렸고, 우리도 그 뒤를 따라갔다. 우리가 다급히 뛰고 있을 때 뒤에서도 뛰어오는 발소리들이 들렸다. 뒤돌아보니 총을 든 군인 일곱 명이 우리를 추월해 달려갔다. 그들도 마구간 쪽으로 향하고 있었다.

"진짜로 마구간에 무슨 일이 생겼나 봐!" 나는 놀라서 리즈에게 말했다.

총을 들고 있던 사람 중 한 명이 우리에게 소리쳤다. "야, 꼬맹이들! 니들은 방해되니 따라오지 마!"

우리는 그 사람 말을 무시한 채 마구간으로 뛰었다. 마구간에 도착했을 때 돈강말은 그 안에 있었는데 나오지 않으려고 버티고 있었다. 아침에 깔끔하게 면도한 좐터우 아버지의 두 뺨과 입가가 유난히 푸르스름하게 보였는데, 아저씨는 돈강말의 말굽에 차여 다리를 절고 있었다.

총을 든 군인 일곱 명이 마구간 마당에 도착하자 돈강말은 머리를 흔들어대며 흥분해 울음소리를 내며 불안함과 분노를 표출하고 있었다.

우리는 돈강말이 아저씨가 수염을 깎은 뒤에 그 얼굴에 적응하지 못하고 있다고 한 좐터우의 말을 기억하고 있었다. 녀석은 이제 아저씨의 깔끔한 모습을 볼 때마다 자기가 집회에 끌려나간다는 것을 알고 거부반응까지 일으키는 것이었다.

돈강말은 마굿간에서 단 한 발자국도 나오지 않으려고 고집을 피웠다.

젊은 사람 두 명이 총을 동료에게 맡기고 말에게 다가가 고삐를 잡아당기려고 하자 아저씨가 소리치며 그들을 말렸다. “그렇게 잡아당기면 안 돼!”

젊은이들은 이해할 수 없다는 듯 말을 받아쳤다. “잡아당기지 않으면 이놈이 안 나올 텐데요? 지금 집회장에서 단장님께서 기다리고 계신단 말이에요. 빨리 안 데려가면 우리만 욕먹어요!”

그때 또 다른 젊은이가 급하게 말 고삐를 세게 잡아당겼다. 그러자 돈강말의 코에서 피가 뚝뚝 흘러나왔고, 돈강말은 겁에 질려 두 눈을 동그랗게 떴다. 우리는 큰일이 일어날 것 같아 마구간을 얼른 빠져나왔다.

아저씨는 계속 그들 뒤에서 소리쳤다. “강제로 잡아당기지 말라니까…. 제발 부탁이니 잡아당기지 좀 말아! 그랬다간 큰 사고가 날 수도 있다니까, 그러지 좀 말아!”

나와 리즈는 좐터우 뒤를 따라갔다. 좐터우의 두 눈에 눈물이 가득 고였다. 자기 아버지가 절절매면서 젊은 군인들한테 애원하는 모습을 보고 크게 마음이 상했다. 앞서가던 좐터우가 걸음을 멈췄다. 그리고는 허리를 굽혀 땅에 있는 흰 눈을 바라보았다. 우리도 좐터우를 따라 땅을 쳐다보았

다. 땅에는 돈강말의 코에서 흘러나온 피가 뚝뚝 떨어져 흰 눈 속에 핀 빨간 꽃들처럼 번져가고 있었다.

좐터우가 강제로 돈강말을 잡아당기며 끌고 가는 사람들을 향해 외쳤다. "피가 나잖아요!"

나도 좐터우를 편들며 크게 소리쳤다. "다들 미쳤어요! 아저씨들 때문에 우리 말이 코피를 흘리고 있잖아요!"

그러나 총을 든 군인들은 우리를 거들떠보지도 않았다. 그들 머릿속에는 오로지 어떡해서든 말을 집회장에 끌고 갈 생각뿐인 것 같아 보였다.

돈강말은 집회장 벽을 보자 무척 착잡한 듯 불안해 보였다. 벽을 따라서 단상 쪽으로 끌려가 뒤 단장을 보자 돈강말은 앞다리를 높이 치켜들었는데, 그때 군인이 잡고 있던 줄을 놓치자 갑자기 단상 쪽으로 질주하기 시작했다.

광장에 모여있던 사람들이 놀라서 겁을 먹고 뒤쪽으로 물러나 흩어졌다. 단상은 굵은 소나무를 사용해 3센티미터 굵기의 나무판자로 만들어졌고 땅에서 반 미터 정도 높이로 설치되어 있었다. 또 그 옆에는 사람들이 오르고 내려오기 편하도록 계단도 설치해 놓았다.

하지만 그 순간 돈강말의 눈에는 계단 따위는 보이지 않

았다. 녀석은 눈가루를 흩날리며 뛰어올라 단상을 덮쳤다. 우리 귀에 히히힝 하는 소리가 들린 후 단상 위의 뤄 단장은 사라졌고 돈강말도 보이지 않았다. 단상 바닥이 돈강말의 무게와 압력을 견디지 못하고 무너져버린 것이다.

뤄 단장은 무너진 무대 바닥 사이로 떨어졌다. 몇 초가 지나 우리가 눈 앞에 펼쳐진 상황을 파악했을 때 돈강말은 이미 무너진 단상 위에서 뛰어내렸고, 사람들은 길 한쪽으로 비켜서서 돈강말이 눈 덮인 담장을 뚫고 집회장 밖 머나먼 곳을 향해 질주하는 모습을 넋 놓고 바라보고만 있었다.

얼굴을 심하게 긁힌 다뤄의 아버지는 총은 든 군인들에게 빨리 지프차를 타고 가서 돈강말을 찾아오라고 명령했다. 생포가 안 되면 총으로 쏴 죽여도 된다고도 했다.

우리는 돈강말이 어마어마한 사고를 쳤다는 걸 알았다. 하지만 녀석은 성격 있는 놈이다. 우리는 돈강말이 이 겨울 내내 평야를 향해 달리고 또 달려서 먼 곳으로 도망쳐 영원히 돌아오지 않기를 기도했다

오전 내내 돈강말에 대한 소식은 들려오지 않았다. 지프차를 타고 간 사람들에게 아직까지 잡히지 않은 걸까? 나는 좐터우에게 빨리 아버지한테 가서 돈강말이 어떻게 되었는

지 물어보라고 재촉했다.

"그놈들이 돈강말을 때려 죽이진 않았겠지?" 리즈가 갑자기 물었다.

그 소리에 좐터우가 사나운 개처럼 큰소리로 소리를 질렀다. "너 맞고 싶어서 그따위 말을 해!"

리즈와 나는 너무 놀라서 말문이 막혔다. 나는 리즈가 좐터우 마음의 상처를 건드렸음을 깨달았다. 사실 우리 모두 이번 일로 크게 상처를 받았다. 다만 좐터우의 상처가 조금 더 깊었을 뿐이다.

다음날 아침 우리는 좐터우로부터 돈강말의 소식을 들을 수 있었다. 지프차를 타고 돈강말을 쫓던 사람들이 결국 총으로 말을 쏴 죽였다고 했다.

얼마 뒤 나는 길에서 머리가 하얀 어떤 아저씨를 만났다. 처음 보는 사람이었는데 외지인 같아 보였다. 우리 농장은 그다지 큰 편이 아니라 낯선 사람들이 나타나면 단번에 알아볼 수 있었다. 흰머리 아저씨가 나를 보더니 말을 시켰다. "옥수수, 뭘 그렇게 쳐다봐? 나 모르겠어?"

나는 깜짝 놀랐다. 나에게 말을 시킨 그 흰머리 아저씨는 바로 좐터우네 아버지였다. 며칠 안 본 사이에 아저씨 머리

가 어떻게 새하얗게 변했지? 어떻게 내가 못 알아볼 정도까지 된 걸까?

"아저씨세요?"

“…………”

나와 리즈는 좐터우를 찾아가 물었다. “너네 아버지 머리가 왜 갑자기 하얗게 변했어?”

좐터우가 대답했다. “왜는, 다 돈강말 때문이지.”

나와 리즈는 그 말을 믿었다.

“아버지는 돈강말이 그놈들 때문에 미친 거라고 말하셨어.”

우리는 그 말도 믿었다.

그날 나는 애들에게 이런 말을 했었다. “내가 지도에서 봤는데 러시아가 우리 중국보다 땅이 훨씬 더 넓더라고. 돈강말이 그런 넓은 곳에서 자유롭게 살다가 농장으로 끌려와 허구한 날 집회에만 참석하라고 괴롭혔으니 미치고 팔짝 뛰는 건 당연해.”

이 일을 그렇게 끝낼 순 없었다. 우리는 나쁜 짓을 하기로 모의했다. 그리고는 몰래 다뤄네 집으로 쳐들어가 채소 움* 을 파내어 그 안에 있던 감자, 배추, 무를 다 얼어버리게 했

---

*움 겨울에 비바람이나 추위를 막기 위해 땅을 파고 위에 거적 따위를 얹어 화초나 채소를 넣어 두는 곳.

다.

다뤄와 뤄 단장은 사람들을 시켜 범인을 색출하라고 지시했다. 그들은 우리를 의심했지만 증거가 없었다. 그날 좐터우가 기발한 발상을 떠올렸다. 우리는 좐터우의 집 마구간에서 돈강말이 쓰던 말굽 하나를 갖다 다뤄네 집 채소 움 안쪽에 넣어둔 뒤 사방을 돌아다니며 돈강말을 봤다고 떠벌리며 돈강말은 아직 죽지 않고 살아있다고 소문을 냈다. 또 억울하게 죽은 돈강말의 원혼이 뤄 단장에게 복수하러 올 것이라고도 했다.

다뤄 아버지는 커다란 발굽을 확인해 보더니 얼굴이 백지장처럼 창백해졌다. 그 말발굽이 정말 돈강말의 것이었기 때문이다.

학교 방송실 아나운서

그날은 하루 종일 분주하던 농장 굴뚝 밑의 확성기들이 막 쉬기 시작했고, 우리 학교의 확성기가 이런저런 주의사항을 떠들기 시작했었다.

마침 겨울방학이었고 개학하려면 아직 한참 남은 상태였던 터라 우리는 학교 방송에서 뭐라고 떠드는지 전혀 관심이 없었다. 그때 난 밥을 먹고 있었는데 아버지가 아주 먼 연대에서 돌아와 물건을 건네주고 진지를 드신 뒤 다시 가야 한다고 했다. 나는 아버지에게 볼멘소리를 했다. "농장의 큰 확성기가 쉬지 않고 떠들다가 조용해지니까 바로 학교에 매달려 있는 작은 확성기들이 강아지처럼 시끄럽게 떠들어요. 정말 하루도 조용할 날이 없어요. 개들이 온종일 멍멍 짖는 것 같다니까요."

아버지가 엄한 얼굴로 나를 바라보셨다. “그런 말 함부로 하는 거 아냐. 집에서 그렇게 말하면 나나 네 엄마, 동생들은 너를 용서해 줄 수 있지만, 만약 학교 선생님이나 다른 사람들이 들으면 큰일 날 수가 있어.”

엄마도 걱정스러운 얼굴로 말했다. "위성아, 아버지 말씀 잘 새겨들어야 한다. 지금 이 순간부터 함부로 말하면 절대 안 돼. 방학 동안 그런 소리 자꾸 하면 개학해서도 버릇되어 너도 모르게 헛소리를 하게 되니 조심하도록 해."

밥상을 물리자 아버지는 종아리 보호대를 잘 묶은 뒤 배낭을 짊어지고 집을 나섰다. 내 눈에 아버지의 종아리 보호대는 너무 높이 올라와 무릎까지 덮을 것만 같아 보였다. 아버지가 걸어가야 하는 길에 눈이 너무 많이 내려 그렇게 높게 잘 싸매야 한다고 했다.

엄마가 아버지에게 여러 번 당부했다. "여보, 노란 책보따리 속에 오리알 두 개 넣었어요. 수건으로 잘 싸 놨으니 아끼지 말고 밥 먹을 때 꼭 꺼내 먹도록 해요. 해 떨어지기 전에 도착해야 하는데 걱정이네요." 아버지는 몇 번이고 고개를 끄덕이셨다. "애들 잘 보고 있구려. 특히 위성이 녀석한테 신경 좀 써요. 내가 집에 없을 때 저 녀석이 맏이 노릇을 해야 하는데, 한창 말썽 피울 나이라 걱정이오." 엄마가 고개를 끄덕였다. 아버지가 방문을 나서자 엄마는 걸음을 멈추고 작은 유리창을 통해 아버지가 사라질 때까지 안타까운 표정으로 한참을 바라보았다.

나는 내 한 몸도 돌보지 못하는 주제임에도 불구하고 나보다 어린 동생 둘을 잘 보아야 하는 처지가 되었다.

학교에선 또 방송이 시작되었고 이런저런 소식과 주의사항이 들려왔지만 뭐라고 하는지 정확히 들리지 않았다.

리즈가 숨을 헐떡거리며 우리 집으로 달려와 말했다. "빨리 학교 가자!…."

"학교엔 왜 가?"

"너 방송 못 들었어?"

"무슨 방송?"

리즈가 말했다. "학교 방송실에서 아나운서 모집을 한대. 오늘 면접이 있는데, 합격하게 되면 일주일 교육을 받게 되고 개학 후에 정식 아나운서로 일할 수 있어."

그 말을 들은 나는 웃으면서 고개를 저었다. 난 그런 일엔 관심이 없었다. 학교 방송실 아나운서가 뭐 대수라고? 그래봐야 코딱지 만한 방송실에 앉아서 마이크에 대고 원고나 읽는 건데 그런 바보짓을 내가 왜 해?

리즈가 재촉했다. 어서 가자니까! 빨랑!

나는 안 간다고 말했다.

"그럼 나랑 같이 가 줘."

"난 싫으니 좐터우나 데리고 가."

"좐터우네 집에 갔었는데 아줌마랑 돼지 사료 실으러 가고 없었어."

이때 여동생이 끼어들었다. "오빠, 오빠도 가서 시험 봐 봐. 오빠가 아나운서로 뽑힐 수도 있잖아."

"저리 가! 네가 뭘 알아!" 나는 여동생이 참견하지 못하게 막았다. 내 눈에 그 애는 그저 작은 고양이 한 마리로 보일 뿐이었다.

리즈가 말했다. "제발 부탁이니 같이 좀 가 주라, 응?"

나는 내가 싫으면 학교 아나운서 시험 따위는 응시하지 않아도 되고 갈 필요도 없다고 생각했다. 하지만 내 친구 리즈가 같이 가 달라고 저렇게 사정하니 아무래도 녀석을 위해서 가 봐야 할 것 같았다.

길을 걸으며 리즈가 내게 물었다. "시험을 본다는데 어떤 걸 물어볼까?"

아마도 교과서를 낭독하라고 하지 않을까? 혓바닥이 짧아 발음이 새지는 않는지, 정확하게 읽는지 볼 거야. 글씨를 잘못 읽는지, 성조가 정확한지 그런 것도 보겠지. 세 번만 틀리게 읽으면 탈락할 게 뻔해.

내 말을 들은 리즈가 긴장한 나머지 집에 찾아왔을 때의 자신만만했던 패기는 온데간데없고, 대신 풀이 죽은 채 식은땀을 흘리고 있었다. 리즈의 약점이 바로 언제나 글자를 똑똑히 잘 읽지 못한다는 것이었다.

나는 리즈를 위로했다. "긴장하지 마, 아직 면접은 시작도 안 했는데 왜 이렇게 땀을 흘려? 너 벌써부터 이러면 진짜 면접시험 볼 땐 바지에 오줌 싸겠다!"

리즈가 발끈했다. "내가 언제 땀을 흘렸다고 그래!"

나는 갑자기 호기심이 발동해 리즈에게 물었다. "근데 너 왜 갑자기 방송국 아나운서가 되고 싶은 거야? 예전에 방송 일에 관심 있다고 말한 적이 한 번도 없지 않았어?"

리즈는 나를 바라보지도 대답하지도 않고 있다가 단 한 마디로 이유를 갖다 붙였다. "재미있을 거 같아서!"

학교에 도착한 우리는 음악 선생님 사무실로 들어갔다. 그곳엔 낯선 젊은 남자와 여자가 기다리고 있었다. 시험을 주관하는 사람은 음악 과목 담당 여자 선생님인 양루 선생님이었다. 양루 선생님은 응시자가 다 왔다고 생각하셨는지 우리에게 낯선 두 사람을 소개했다. "이 두 분은 농장 방송국에서 일하는 아나운서님들이신데, 오늘 어렵게 두 분을 면접관으로 모셨습니다."

농장의 아나운서들이 면접시험을 맡게 되었다는 말을 들은 리즈는 두 다리를 덜덜덜 떨고 있었다. 얼마 전까지 녀석도 나처럼 확성기에서 들려오는 아나운서의 방송만 들었을

뿐이지 직접 만나본 적은 없었다. 그런데 이렇게 아나운서들이 눈앞에 있는 걸 보게 되니 우리는 마치 저팔계가 하늘에 계신 부처님을 만난 것처럼 긴장했다.

내가 또 물었다. "너 왜 이렇게 떨고 있어?"

리즈가 대답했다. "내가 언제?"

나는 녀석의 솜바지를 가리키며 말했다. "지금 네 솜바지가 떨고 있잖아. 덜덜덜덜 떠는 것 좀 봐."

리즈가 고개를 숙여 자기 솜바지가 덜덜 움직이는 광경을 목격했다. 그 모습은 마치 쥐들이 그 안에 들어가 왔다 갔다 하는 것처럼 보였다. 리즈는 민망했던지 두 손으로 다리를 꽉 잡았다.

양루 선생님이 모두를 향해 말씀하셨다. "방송실 아나운서 시험을 보고 싶은 학생들은 앞으로 나오세요. 응원하러 온 친구들은 뒤로 가서 조용히 하고요. 소곤대거나 귓속말을 하면 안 됩니다."

나는 아나운서 시험 볼 생각이 없어 맨 뒤쪽으로 물러나서서 리즈의 시험 결과를 기다릴 참이었다. 거기 온 학생들이 너무 많아 사무실이 꽉 차 많은 학생들이 복도로 나가야 했다. 복도에는 난로가 없어 너무 추워 온몸이 얼어붙을 것만 같았다. 나는 좐터우에게나 가고 싶었다. 하지만 리즈는 죽어도 나를 보낼 수 없다고 기를 불어넣어 달라고 했다. 이상하게도 리즈는 그 추운 복도에서도 얼굴이 빨갛게 달아오르고 머리에서 땀이 났다.

"난 발끝부터 머리까지 얼어붙을 거 같은데 넌 어떻게 여기서 땀을 흘릴 수 있냐?" 나는 발을 동동 구르며 이해할 수 없다는 듯 리즈를 쳐다보았다.

리즈는 아무 말도 안 한 채 오로지 한 사람에게 시선을 고정시켰다. 어떤 여학생이었다.

나는 그제서야 리즈가 왜 갑자기 방송실 아나운서 시험을 보겠다고 결심했는지 알 수 있을 것 같았다. 바로 저 여자애 때문임이 틀림없었다. 그 애는 우리 반 학생으로 이름은 천양양이었다. 예전에 우리 삼총사가 같이 놀던 중에 리즈가 우리에게 이렇게 물어본 적이 있었다. "우리 반 애들 중에 누가 가장 예쁜 것 같아?"

좐터우가 물었다. "남자애 말야? 아님 여자애?"

리즈가 기가 막힌다는 듯 대답했다. "그야 당연히 여자애지!"

좐터우는 잠깐 고민하는 듯하다 이렇게 말했다. "우리 반에 예쁜 애가 어디 있냐?"

"넌?" 리즈가 내게 물었다.

나도 잠깐 생각했다. "다 고만고만하지 않니?"

그때 리즈가 대답했었다. "난 천양양이 제일 예쁜 거 같아."

지금 생각해 보니 리즈가 아나운서를 하려는 이유는 바로 천양양이 아나운서 시험에 응시하기 때문이었다. 나는 복도에 서 있는 남자애들을 한번 훑어보았다. 내 눈에 리즈가 학교 방송실 아나운서가 될 가능성은 20퍼센트도 안 될 것 같았다. 딱 한 녀석만이 리즈보다 발음이 좀 나쁠 뿐 나머지 애들은 모두 리즈보다 우세했다.

하지만 나는 그 사실을 리즈에게 말할 수도 없었고 그 자리를 떠날 수도 없었다. 오로지 친구를 위해서 추운 복도에서 발을 동동 구르며 리즈가 시험을 잘 보고 좋은 결과가 나오기를 기다려야 했다.

시험 내용은 아주 간단했다. 모두 한 편의 글을 낭독하면 되는 거였다. 리즈가 시험을 끝내고 나오자 나는 얼른 달려가 시험 잘 봤는지, 혹시 더듬거리지는 않았는지 물었다. 아나운서에게 더듬대는 건 쥐약과 같기 때문이었다.

리즈의 머리에선 여전히 김이 모락모락 피어올랐고, 머리카락은 막 머리 감은 듯 젖어 있었다. "난 내가 더듬더듬 읽었는지 어쨌는지 아무것도 기억나지 않아."

나는 또 물었다. "그럼 버벅거리는 애들은 있었어?"

리즈가 고개를 저었다. "그러길 바랬는데 한 명도 버벅대는 애가 없었어."

"그럼 넌 가망 없어." 나는 그만 솔직하게 말해 버렸다.

"아직 결과가 나오지도 않았는데 네가 무슨 근거로 가망이 없다고 해! 그럼 네가 해보지 그래!" 리즈는 내 말을 받아들이긴커녕 오히려 화를 냈다. 내가 녀석의 자존심을 건드린 것이다.

"난 아나운서 따위엔 관심도 없다는데 왜 자꾸 나한테 시험을 보라고 난리야!"

리즈가 갑자기 나를 발로 찼다. "시험 볼 용기도 없는 주제에 나한테 가망이 없다고 해!"

리즈는 정말 진심인 듯했다. 같이 발질을 하진 않았지만 난 속으로 몹시 화가 났다. 양루 선생님의 사무실에 있던 애들이 모두 나와서 이제 면접 보는 애들이 한 명도 없었다. 나는 리즈를 쳐다보고는 그 애를 밀치고 물었다. "저도 시험 볼 수 있을까요?"

농장의 남자 아나운서는 두꺼운 자석이 움직이는 듯한 목소리로 말했다. "들어와, 당연히 된단다!"

나는 사무실 안으로 들어가 다시 물었다. "꼭 긴 문장을 읽어야만 하나요?"

아주 교양 있어 보이는 여자 아나운서가 말했다. "문장을 낭독하지 않으면 뭘 읽고 싶은데?"

"화재가 났다고 통보하는 방송을 좀 해 봐도 될까요?"

내 말을 들은 남자 아나운서가 관심을 보이며 대답했다. "그럼, 당연히 해도 되지. 이렇게 되면 네가 문장을 읽지 않는 최초의 응시자가 되는 거네."

나는 고개를 돌려 닫힌 문밖에 많은 아이들이 서 있는 걸 보았다. 리즈도 멍때리며 나를 보고 있었다.

나는 한번 헛기침을 하며 목소리를 가다듬은 다음 크게 외쳤다. "리즈 학생은 주목하십시오! 리즈 학생은 주목하세요! 이 방송을 듣는 즉시 개처럼 뛰어서 집에 돌아가세요. 어서 빨리 집으로 돌아가세요! 지금 리즈 학생네 집 아궁이에서 불이 나고 있습니다! 집 아궁이에서 불이 나고 있습니다! 이불에도 불이 붙어 타고 있습니다! 이거 큰일 났네요,

부뚜막에서 자고 있던 고양이 꼬리에도 불이 붙었네요! 고양이는 생쥐가 장난치는 줄 알고 도로 자다 말고 앗 뜨거워! 고양이 살려! 하고 집밖으로 뛰쳐나갔습니다! 고양이가 돼지우리로 들어갔네요. 아이구 이걸 어쩌나, 학생네 돼지우리에도 불이 붙기 시작했습니다! 지금 빨리 돌아가지 않으면 학생은 알거지가 될 거 같네요, 알거지 말이에요! 그러니 이 방송을 듣는 즉시 어서 빨리 개처럼 네 다리로 뛰어서 집으로 돌아가세요!….”

밖에 있던 애들이 깔깔대며 웃는 소리가 들렸다. 곧이어 진지했던 두 아나운서가 소리 내어 웃기 시작했다. 모두 하하 웃는 모습을 본 양루 선생님도 따라 웃었다.

사무실 안팎의 모든 사람들이 크게 웃자 나는 더 이상 아무것도 하지 않았다. 사실 나는 조금 더 흥을 내어 실력 발휘를 해볼 참이었다. 나는 웃지 않았다. 이게 뭐 그리 웃기는 일이라고? 그저 헛소리 몇 번 한 것뿐인데 모두들 이렇게 재미있다고 웃음을 터뜨리다니, 이 세상엔 웃을 수 있는 일들이 많지 않은 게 분명했다.

남자 아나운서가 물었다. “학생 이름이 뭐지?”

“판위성입니다.”

내 뒤에 있던 남자애들이 끼어들었다. "우린 옥수수라고 불러요."

그 교양 있고 우아한 여자 아나운서가 너무 웃겨서 눈에서 흘러나온 눈물을 훔치며 말했다. "제가 볼 땐 이 학생이 최고예요!"

이때 양루 선생님이 남자 아나운서를 한쪽으로 부르더니 뭐라고 소곤대기 시작했다. 남자 아나운서는 얘기를 다 듣고 "그거 참…"이라고 난감해하더니 여자 아나운서에게 낮은 소리로 소곤소곤 말했다. 그러자 여자 아나운서가 나를 안타까운 듯 바라보며 한숨을 쉬었다. 여자 아나운서가 내 앞으로 다가와 말했다. "판위성 학생, 학생이 가장 뛰어난 자질이 있는데, 그런데… 학생은 아버지 때문에…"

나는 말을 가로막았다. "저도 알아요. 사실 전 아나운서 같은 건 관심도 없어요. 그냥 장난 좀 친 거예요. 장난이오. 전 이제 가 보겠습니다!"

빠른 걸음으로 학교를 나온 나는 거의 뛰다시피 했다. 우리 집 땔감 더미가 보이고 동생들이 문 앞에서 놀고 있는 모습이 보이자 그제야 내가 울고 있다는 걸 알게 되었다. 지금 이 시간에 아버지는 멀고 먼 곳에 있는 연대에서 노동을 하느라 집에 계시지도 않는데, 멀리 있는 아버지가 공기처럼 날아와 내 인생에 영향을 주고 있었다. 아버지 때문에 나는 시작도 안 해본 어떤 일로부터 거절당했고, 이 사실은 나를 몹시 힘들고 슬프게 했다.

"옥수수!" 리즈가 뒤에서 나를 불렀지만 나는 녀석에게 우는 모습을 들키고 싶지 않아 들은 체도 하지 않았다. 리즈가 나를 쫓아왔을 때 난 이미 눈물을 감쪽같이 닦아 버렸다.

"옥수수, 나 화 안 났어. 아까 시험 볼 때 네가 우리 집에 불났다고 화재 방송을 하는 걸 보고 난 네가 방송 천재라는 걸 깨달았어!"

"천재는 무슨! 지금 우리나라는 천재를 다 괴롭혀 죽이려고 해!"

리즈가 욕을 했다. 그건 마치 하늘에 대고 땅을 욕하는 것 같았다. 그리고는 말했다. "그까짓 아나운서 안 하면 어때! 옥수수, 너 다시 한번 해 봐!"

"뭘 다시 해?"

"아까 농장 아나운서들 앞에서 했던 우리 집 화재 방송 말야, 그거 한 번 더 해 봐!"

녀석의 말을 듣고 있던 나는 웃음보를 터뜨렸다.

난 사실 그런 화재 방송 같은 건 다시 하고 싶지 않았다.

"리즈 너 방송국 아나운서가 되고 싶은 이유가 그 천양양 때문이지? 그 애가 아나운서 되려고 하니까 너도 따라 하려는 거 맞지?"

리즈는 마치 도둑질하다 들킨 것처럼 꿀 먹은 벙어리가 되었다. “말 안 해도 되니 사실이면 하늘을 쳐다 봐! 아니면 날 보고!”

리즈는 내 눈과 마주칠 용기가 없었는지 머리를 들어 하늘을 쳐다보았다. 천양양 때문인 걸 시인한 것이다. 리즈 녀석은 그렇게 귀여운 면이 있었다.

“야, 너 이제 겨우 12살인데 벌써부터 여자한테 관심을 갖냐!”

내겐 아버지가 소중해!

하루하루가 재미없고 지루해지기 시작했다. 리즈가 놀거리를 제안할 때마다 좐터우는 늘상 반대했다. "재미 없어, 정말 재미없어!"

정말 재미가 없었다.

리즈가 학교 아나운서 시험을 본 그날 밤, 우리 집 고양이는 창밖에서 들어오지 못한 채 계속 울고 있었다. 엄마가 여동생에게 나가서 고양이를 데리고 들어오라고 하자 여동생은 고양이를 안고 들어왔다. 나는 그때 얼굴을 라디오에 바짝 대고 경극 〈사가빈〉*의 녹음편집을 듣고 있었다. 라디

---

* 경극 〈사가빈〉 중국 공산당혁명의 영웅적인 투쟁을 그린 경극. 드라마로 만들어 라디오에서 방송되기도 했다.

오에서는 〈사가빈〉의 한 부분인 '지두'를 방송하고 있었는데, 보이지는 않지만 후촨쿠이, 땨오더이, 아칭사오가 말다툼하며 서로 물러서지 않는 장면이 눈에 선했다. 그들은 노래하면서 싸우고 있었는데, 마치 상대방의 목숨을 빼앗으려는 것 같았다.

여동생은 눈밭을 뒹굴어 눈이 잔뜩 묻은 고양이를 바닥에 내려놓고 나를 뚫어지게 쳐다보았다. 엄마가 동생에게 말했다. "고양이 몸에 묻은 눈 좀 털어줘야지! 겨울에 몸이 젖으면 벼룩이 생긴단 말야."

동생은 엄마 말은 들은 체도 않고 계속 나를 뚫어져라 보았다.

"너 왜 자꾸 나를 쳐다보니? 고양이 몸의 눈을…" 나는 한쪽 귀를 라디오에 더 바짝 가져다 대면서 손가락으로 고양이를 가리켰다. 고양이 몸에 묻어 있던 눈은 녹아 물방울로 변했다.

하지만 동생은 고양이는 쳐다보지 않고 나만 뚫어지게 보더니 내 얼굴 가까이에 대고 속삭였다. “밖에 누가 있어.”

나는 깜짝 놀라 황급히 라디오 볼륨을 줄이고 물었다. “누구?”

내게 있어서 누군가 왔다는 건 굉장히 민감한 문제였다. 아버지에게 일이 생긴 후로 우리 집 문밖에는 종종 누군가가 와 있었다. 특히 밤이 되면 누군가 아버지를 감시하는 일이 잦았다. 아버지가 노동에 동원되어 머나먼 연대로 끌려가셨는데 아직도 밖에 누가 와 있다니, 그건 우리 집 대문을 지나던 귀신이 우리 집에 쳐들어오는 것처럼 무서운 일이라 긴장하지 않을 수가 없었다.

내가 막 문을 열고 나가려 할 때 엄마가 나를 붙잡았다. “넌 집에 가만히 있어. 내가 나가 볼게.”

그러나 여동생의 얼굴엔 긴장감이란 전혀 없고 오히려 살짝 미소를 지으며 식구들에게 말했다. “오빠를 찾아온 거야.”

나는 동생을 나무랐다. “그럼 그렇다고 진작에 말했어야지!”

나는 좐터우와 리즈가 이 겨울 눈 오는 밤중에 무슨 재미있는 일이라도 꾸미려고 찾아온 줄 알고 신나게 문을 열고 밖으로 나갔다.

하늘에는 커다란 달이 환하게 떴는데, 땅바닥에 쌓인 눈이 달빛에 반사되어 푸르게 보였다. 눈이 부셔 시야가 흐릿한 상황에서 나는 마당 저쪽 대문밖에 누군가 서 있는 걸 발견했다.

“누구세요?” 내가 물었지만 그 사람은 아무 대답도 하지 않았다.

나는 그 사람에게 조금 더 다가가 또 물었다. “누구시냐구요?”

그 사람은 여전히 아무 대답이 없었다. 머리와 얼굴을 긴 목도리로 칭칭 감고 있어서 나는 상대방이 여자임은 꿈에도 생각지 못했다. 겨울밤이면 너무 추워서 남녀를 불문하고 보온을 위해 다들 긴 목도리로 얼굴과 머리를 칭칭 감고 앞을 볼 수 있도록 눈만 겨우 내놓고 다녔다.

나는 나의 안전을 위해서 더 이상 앞으로 나아가지 않았다. “누구냐니까요!”

“나 천양양이야.” 마침내 상대가 입을 열었다.

순간 나는 멍했다. 천양양이란 여자애가 한밤중에 나를 찾아오리라고는 꿈에도 생각지 못했다. 비록 같은 학교 같은 반이었지만, 난 그 애와 단 한 번도 말을 해 본 적이 없었다.

나는 항상 속으로 그 애와 나는 같은 부류 사람이 아니라고 생각했다. 그건 일종의 거리감이었다. 3년 전 천양양의 아버지가 한 무리의 사람들을 이끌고 우리 집에 쳐들어와 집을 샅샅이 뒤졌던 광경을 나는 잊지 못하고 있었다. 그 애 아버지는 사람들을 시켜 아버지의 책들을 모두 묶어 마차에 실을 것을 명령했고, 마지막으로 아버지에게 물었었다. "마차 위에 있는 책이 당신이 갖고 있는 전부요?"

아버지가 고개를 끄덕였다.

천양양의 아버지가 으름장을 놨다. "만약 또 어디 숨겨둔 금서가 발견되면 당신 그땐 끝장인 줄 알아!"

나는 그때 아버지의 고통스러워하는 눈빛을 잊을 수 없었다. 아버지는 자신이 소장했던 모든 책과 자신이 쓴 책이 마차에 실려 가는 광경을 보고 절망하며 바닥에 털썩 주저앉았다. 그리고 두 손으로 땅을 짚고서 한참을 일어나지 못했다.

3년 전 그때 나는 아직 어렸고, 천양양도 어렸었다. 하지만 나는 그 일을 똑똑히 기억했다. 그렇다고 무슨 원한을 품고 복수할 마음이 있었던 것은 아니었다. 다만 그때 나는 천양양의 아버지를 나쁜 사람이라고 여겼고, 천양양의 아버지가 한 무리 사람들을 데리고 우리 집을 쳐들어 왔을 때, 그들은 우리 아버지를 나쁜 사람으로 취급했었다.

"천양양이라구?" 나는 얼굴을 꽁꽁 감싸고 있는 천양양이 나에게 얼굴을 똑바로 보여주었으면 했다. 내 의중을 알아차린 천양양이 두 손으로 머리를 칭칭 감은 목도리를 천천히 풀자 얼굴이 보이기 시작했다.

겨울밤의 달은 온 세상을 푸르게 만들었고, 달걀흰자처럼 부드러운 달빛으로 인해 대낮에 보던 천양양의 얼굴과 지금 내 앞의 천양양은 완전히 다른 사람처럼 보였다.

천양양의 얼굴이 우리 집의 높고 높은 대문 그림자에 가려졌다. 그걸 의식한 듯 천양양이 뒤로 한 걸음 물러나니 영롱한 달빛 아래에서 천양양의 얼굴이 온전하게 드러났다.

"무슨 일로 날 찾아왔어?"

"학교에서 네가 방송실 아나운서를 해 주었으면 해. 여자 아나운서는 내가 하고, 남자 아나운서는 네가 하고."

이제 보니 그 일로 온 거였다. "난 아나운서 같은 건 애초에 할 생각이 없었어. 리즈가 함께 가 달라고 해서 같이 갔던 거고, 잠깐 장난기가 발동해 시험을 본 거야."

"모두 네가 가장 적격이라고 해. 너희 아버지 문제로 상의한 끝에 좋은 방법 하나를 생각해 냈어."

"방법? 무슨 방법?" 나는 그저 리즈를 따라간 것뿐이었는데, 이렇게 많은 일이 생길 줄 생각도 못했다.

"그건 네가 각서를 써 주는 거야…."

"무슨 각서? 뭘 맹세하는 건데?"

"네가 너희 아버지의 영향을 받지 않겠다고 맹세하는 거야. 안 그럼 학교 방송실에서는 너희 아버지 때문에 절대로 너를 받아주지 않을 거야."

"난 원래 아나운서 같은 건 할 생각이 없었다니까." 나는 냉소적으로 대답했다. 날씨가 너무 추웠다. 이 겨울밤에 스치는 차디찬 바람은 나의 눈과 마음을 시리게 했다.

"만약…" 천양양이 한마디 하더니 입을 다물었다.

"만약에 뭐?"

"만약 네가 아나운서가 되는 걸 내가 원한다면?" 천양양이 이렇게 말하고는 고개를 돌렸다. 마치 허공에 대고 말하는 것 같았다.

나는 순간 멍했다. 온몸이 더워지기 시작했다. 하지만 난 아무 말도 하지 않았다. 사나이가 자존심이 있지!

천양양은 한참 후에 입을 열었다. "잘 생각해 봐. 그리고 할 생각이 있으면 각서를 쓰도록 해."

그 애는 그렇게 말을 마치고 뽀드득 뽀드득 눈을 밟으며 자기 집으로 돌아갔다.

겨울 달빛에 비친 푸른 눈밭에는 천양양의 발자국이 선명하게 남아 있었다. 나는 그 애가 남긴 발자국을 넋 나간 사람처럼 한참 동안 바라보았다.

그리고 천양양이 무언가 남겨 주었음을 알게 되었다. 그것은 따뜻한 온기였다.

엄마가 문을 열어 얼굴을 삐죽 내밀고 물었다. "너 모자도 안 썼는데 춥지 않니?"

머리를 만져보니 머리에 땀이 나고 있었다. 방으로 돌아가니 남동생이 말했다. "형, '지두'가 끝나 가는데 안 들을 거야?"

난 이제 '지두'엔 관심이 없었다. 대신 구들장에 앉아 아나운서에 대해 생각했다. 머릿속은 온통 천양양이 내게 한 말과 각서 생각뿐이었다.

"아까 누가 찾아왔었니?" 엄마가 물으셨다.

"친구." 내가 대답했다.

"여자 친구야." 여동생이 거들었다.

"여자 친구? 여자애가 왜 너를 찾아왔지? 어떤 여자애야?" 엄마가 관심을 갖고 묻기 시작했다.

나는 말을 얼버무렸다. "남자애인지 여자애인지 제대로

못 봤어.”

엄마는 진지했다. “여자애인지 남자애인지 제대로 못 봤다면서 친구인 줄은 어떻게 알아?”

엄마의 질문에 나는 말문이 막혔다. 하지만 한번 시작된 거짓말은 멈출 수 없는 법, 계속 거짓말을 이어나가는 수밖에 없었다. “보기엔 남자애였는데 목소리는 여자애였어.”

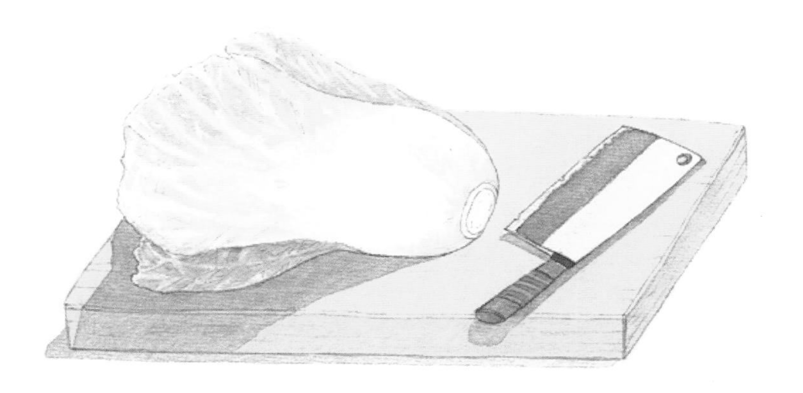

내 잠재의식 속에 무언가 보호하려는 모종의 힘이 생겨났다. 그건 일종의 남자가 여자를 보호하려는 그런 것이라고 할 수 있을까? 어쩌면 엄마가 천양양이 날 찾아왔다는 그 사실을 몰랐으면 하는 생각으로 인한 조건 반사일 수도 있었다. 왜냐하면 엄마도 그 애 아버지가 사람들을 데리고 와

우리 집을 샅샅이 뒤지고 책들을 몽땅 차에 실어 광장에 가져간 사실을 직접 목격했기 때문이었다.

"도대체 누구냐니까!" 엄마는 약간 화를 냈다. 엄마는 내가 어떤 일에 꽂히면 거짓말할 줄 모르면서도 어떡해서든 밀어붙이려고 말을 꾸며대는 걸 매우 싫어했다.

나는 더 이상 속일 수 없었다. "천양양이 왔었어!"

"천양양?!" 엄마는 잠깐 멈췄다가 기억났다는 듯 말했다. "그때 사람들을 끌고 와서 우리 집을 수색했던 천한둥의 딸?"

엄마는 불편한 심기를 감추지 못했다.

"그럴 걸."

"그러면 그런 거고 아니면 아닌 거지 그럴 걸은 또 뭐야! 그 애가 무슨 일로 널 찾아왔어?" 엄마가 나를 막다른 골목으로 몰아붙이듯 다그쳤다.

"학교 방송실 아나운서에 대한 얘기를 하러 왔어."

"방송실 아나운서? 그게 너와 무슨 상관인데?"

"학교에서 내가 아나운서로 적격이라고 했대."

"뭐야? 내가 지금 뭘 잘못 들은 거니? 너한테 아나운서를 하라고 했다고? 넌 네 아버지가 어떤 사람인지 잊었니? 학교에서 네 아버지가 어떤 사람인지 모른대? 어떻게 검은책을 쓴 사람의 아들한테 학교 방송실 아나운서를 하라고 할 수 있어? 혹시 네가 헛물켜고 있는 거 아냐? 아니면 학교에서 무슨 꿍꿍이가 있는 거니?"

"헛물켜는 거 아니고, 사실이야."

"진짜라고?" 엄마의 목소리가 조금 낮아졌다. 엄마의 눈

에 나는 한겨울 먹이가 없어 굶주리다 마을로 내려가 온갖 함정과 위험을 마주한 연약한 사슴으로 보이는 듯했다.

나는 막 채소 움에서 꺼내와 도마 위에 올려놓은 배추를 가리키며 말했다. "진짜라니까. 이 배추가 진짜 배추인 것처럼 진짜라구."

엄마는 한숨을 쉬며 말했다. "좋은 일인지 나쁜 일인지 난 잘 모르겠구나. 아나운서가 되는 건 좋은 일이 분명한데, 혹시라도 방송을 잘못하거나 무슨 문제가 생긴다면 그건 열두 살짜리 아이인 네가 감당할 수 있는 일이 아니고 아버지 문제까지 얽히게 될 거야. 우리가 아무리 떳떳하다고 생각해도 남들은 그렇게 생각하지 않을 수 있어."

사실 나는 속으로 학교에 가면 아나운서를 한다고 해야지 마음먹었는데, 엄마의 말씀을 듣고 나니 마치 발가벗긴 채 얼음골에 들어간 것처럼 온몸이 오싹하고 떨리기 시작했다.

다음날 나는 열이 났다. 태어나서 처음으로 고열에 시달리며 잠꼬대까지 했다. 엄마는 내가 앞뒤 안 맞는 헛소리를 계속 했다고 걱정했다. 여동생은 놀라서 울음을 터뜨렸다. "큰오빠가 열이 많이 나서 머리가 어떻게 됐나 봐!"

내 머리는 잘못되지 않았다. 나는 엄마를 속이고 학교에

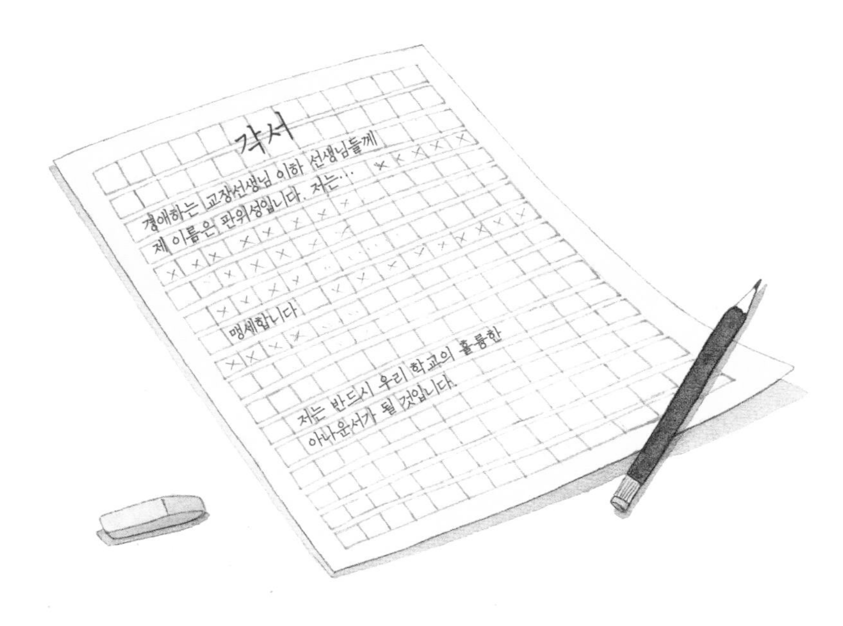

제출할 각서를 썼다. 아버지와 선을 확실하게 그을 것을 맹세하며, 맨 마지막엔 학교를 위해 아나운서 일을 열심히 하겠다고 쓰고 맨 끝에 느낌표를 세 개나 붙였다.

천양양이 다시 우리 집에 찾아왔다. 이번엔 남동생이 어떤 여학생이 찾아왔다고 말해 주었다. 그러면서 덧붙였다.

"요새 여학생들이 매일 형을 찾아오네."

내가 신이 나서 밖에 나가보니 천양양이 대문 밖에 서 있었다. 이번엔 대낮이어서 똑똑히 보였는데, 그 애는 여전히 긴 분홍색 목도리를 목에 두르고 요즘 유행하는 노란색 외

사무실
그깟 아나운서
안 할래요! 내겐
아버지가 소

투를 입고 있었다. 외투 속에 감춰져 있던 하얀 마스크가 두 번째 단추 부근에서 살짝 삐져나와 마치 하얀 액세서리처럼 보였다.

지난번 그 애는 한밤중에 그 자리에 서 있었고, 지금은 환한 대낮이다. 나는 그 애가 온종일 그 자리에 서 있었던 것처럼 상상되어 말로 표현하기 힘든 설렘이 생겨났다.

" 다 썼니?" 그 애가 물었다.

각서를 그 애에게 디밀었다. 그 애는 손에서 장갑을 빼 내가 쓴 각서를 받아 재빨리 읽고 말했다. "잘 썼네." 그리고는 내 눈을 한번 쳐다보고 돌아갔다.

오후가 되자 리즈가 음악 선생 양루 선생님이 나를 찾는다는 소식을 전했다. 리즈는 기분이 좋지 않았는데, 딴 애에게서 방송실에 관한 소식을 들은 것 같았다. 나는 리즈의 표정을 보고 미안하다는 말을 어떻게 꺼내야 할지 몰랐다.
"날 왜 찾는대?"

리즈는 나와 눈도 마주치지 않았다. "알면서 뭘 물어!"

나는 더 이상 묻지 않고 리즈에게 말했다. "나랑 같이 갈래?"

리즈가 말했다. "널 찾는데 내가 왜 따라가?" 말은 이렇게 했지만 리즈는 학교까지 나를 따라와 양루 선생님의 사무실 앞까지 함께 갔다.

사무실에는 양루 선생님 외에 우리 학교 공선대* 대장을 맡고 있는 천양양의 아버지도 있었다. 나는 그때 천양양이 내가 학교 아나운서가 될 수 있도록 자기 아버지를 설득했다는 걸 깨달았다.

"이 학생이 판위성이에요." 양루 선생님이 천양양의 아버지에게 나를 소개했다.

천양양의 아버지는 내가 사무실에 들어가기 전에 두 손으로 만년필을 만지작거렸는데, 내가 들어가자 두 손으로 뒷짐을 지었다.

"네가 판위성구나. 네가 아나운서 자질이 있다는 얘기는 들었다. 헌데 가정환경이 안 좋더구나. 네가 쓴 각서는 읽어 봤는데, 그걸로는 부족해, 한참 부족해. 너는 근본적으로 네 아버지와 선을 확실히 긋지 않았어. 예를 들면 말이다, 네 아버지가 멀고 먼 연대에서 집으로 돌아왔다고 가정해 보자, 그럼 넌 같은 밥상에서 밥을 먹을 거 아니니. 아버

---

*공선대 마오쩌뚱 사상을 널리 알리기 위한 노동자 선전대.

지와 밥 안 먹고 말 안 할 자신 있니?….” 천양양의 아버지가 하는 말들이 밖에서 불어대는 거친 바람처럼 나를 얼어붙게 만들었다.

“지금 무슨 말씀 하시는지 모르겠어요. 나한테 각서를 쓰라고 해서 각서를 썼잖아요. 그런데 지금 저한테 우리 아버지를 아버지가 아닌 적으로 여기라는 건데 전 그렇게는 못합니다! 아나운서가 되기 위해 우리 아버지를 아버지가 아니라고 말할 순 없어요! 그깟 아나운서 안 하면 그만이에요! 누가 뭐래도 저에게는 우리 아버지가 소중하다구요!” 말을 끝내자마자 나는 뒤돌아 밖으로 뛰쳐나왔다.

리즈가 내 뒤를 따라오면서 쉴 새 없이 중얼거렸다. “옥수수야, 아버지와 선을 그으라고 하면 선을 그으면 되잖아!”

내가 말했다. “나에겐 우리 아버지가 소중해!”

돼지 기름

그 무렵 또 다른 일이 발생했다. 아버지가 끌려가 노동하는 연대의 마차가 엄마를 찾아와 아버지의 위병이 다시 도졌다는 소식을 전했다. 마차를 끌고 온 마부는 연대*에는 약이 없으니 가족들이 농장에서 약을 가져다주는 방법밖에 없다고 말한 뒤 돌아갔다.

아버지는 오래전부터 위가 안 좋으셨다. 일종의 고질병이었다. 엄마가 병원에 가서 약을 지어왔을 땐 이미 오후가 되었고 사방을 찾아 봤지만 아버지가 계신 연대까지 가는 마차가 없자 엄마는 수심 가득한 얼굴로 낙심하여 집으로 돌

----

*연대 집단 농장이나 공장을 운영하기 위해 일정한 수의 인원으로 편성한 단위의 집단.

아왔다.

내가 엄마에게 말했다, 이깟 일로 너무 걱정하지 말라고, 내가 아버지에게 약을 갖다 주겠다고.

그러자 엄마가 말했다, 마차가 없는데 어떻게 가?

내가 대답했다, 마차 없으면 어때, 걸어가면 되지!

엄마는 아무 말 없이 약을 천 주머니에 넣고 그 안에 오리알 열 개와 밀전병 한 개를 넣어 주며 말했다. "오리알 한

개와 밀전병은 가다가 먹고, 나머지는 다 아버지한테 갖다 드려야 한다. 밤엔 아버지하고 같이 자고, 내일은 꼭 돌아오도록 해라.”

나는 준비를 마치고 집을 나섰다. 한참을 걷다 뒤를 돌아보니 엄마가 밖에서 나를 보며 손을 흔들고 계셨다.

그날 나는 밤 10시가 되어서야 아버지가 일하는 연대에 도착했다. 하룻밤을 자고 다음 날 아침 7시쯤에 그곳에서 아침을 먹은 뒤 집을 향해 걷기 시작했다. 두 시간쯤 지나자 배가 고팠다. 나는 주머니 안에서 오리알 두 개를 발견했다. 아버지가 나 먹으라고 몰래 넣어준 것이었다. 오리알을 까서 입에 넣었다. 오리알을 채 삼키지도 않았는데 갑자기 뜨거운 눈물이 쏟아졌다.

바람이 정면으로 불어와 나는 뒤돌아 등을 지고 걷다가 숨을 고른 뒤 다시 앞으로 걷기를 반복했다. 길에서 낭비하는 시간이 길어지자 저녁까지 집에 도착하지 못할까 두려운 마음이 앞섰고, 그래서 큰길이 아닌 지름길로 가기로 결정했다. 왼쪽 신발이 길에 쌓인 눈더미 속에 숨겨져 있던 날카로운 나뭇가지에 찔려 구멍이 났는데 그 안으로 계속 눈이 스며들었다.

처음에는 그저 왼발이 시리다고만 느꼈었는데 점점 발이 마비되는 것 같았다. 겨우 집에 도착하고 나서야 나는 왼발에 동상이 걸렸다는 걸 알았다. 신발을 벗으려고 했지만 발가락이 신발에 붙어 떨어지지 않았다.

엄마는 내 발을 붙잡고 펑펑 울었다.

나는 엄마에게 물었다. "내 발이 얼어붙은 거야?"

엄마가 고개를 저으며 말했다. "아니야, 우리 아들, 엄마가 속상해서 그래."

좐터우가 내 얘기를 듣고 집으로 찾아와 엄마에게 말했다. "우리 아버지가 옥수수 얘기를 듣고 저를 혼내셨어요. 매일같이 옥수수랑 놀면서 어떻게 애가 그 먼 곳을 가는데 얘기를 안 했냐고요. 아버지가 마차를 몰고 약을 전해주고 오면 되는데, 알리지 않았다고요."

리즈는 집에서 가져온 돼지기름을 엄마에게 건넸다. "우리 엄마가 동상에 걸리면 돼지기름을 바르고 천으로 감싸주라고 하셨어요. 그럼 한 달이면 싹 낫는다고요."

"너네 엄마는 평소에 네가 찐빵에 돼지기름 발라 먹는 것도 아까워하시던데, 이걸 내 발에 어떻게 발라? 그래도 돼?"

리즈가 말했다. "옥수수, 그 말은 듣기 좀 거북한데!"

"이 녀석아, 무슨 말을 그렇게 해!" 엄마는 이렇게 말씀하시고는 찐빵을 꺼내어 돼지기름을 발라 리즈와 좐터우에게 하나씩 주셨다.

리즈는 돼지기름 바른 찐빵을 들고 엄마에게 "아줌마, 이거 우리 엄마한테 말씀하시면 안 돼요."라고 말했다.

엄마가 웃으며 고개를 끄덕이자 리즈는 입을 크게 벌리고

찐빵을 먹기 시작했다.

엄마는 갑자기 무언가 생각났는지 리즈와 좐터우에게 외쳤다. "얘들아! 그거 먹지 말고 기다려 봐!"

"왜요?" 리즈와 좐터우가 놀랐다.

엄마가 리즈에게 물었다. "이 돼지기름이 혹시 그때 그 아픈 돼지의 기름은 아니겠지?"

"아니요, 절대 아니에요."

좐터우도 물었다. "진짜 아니야?"

리즈가 좐터우를 힐끔 쳐다보고 말했다. "이제 와서 그게 무슨 상관이야? 벌써 먹어 놓고 이제야 물어보는 건 바보 같은 짓이야."

좐터우는 이미 돼지기름을 바른 찐빵을 뱃속으로 다 집어넣은 뒤였고, 나는 엄마에게 졸랐다. "찐빵 하나만 더 줘. 돼지기름 발라서."

그러자 리즈가 저지하며 말했다. "안 돼! 이 돼지기름은 네 발의 동상을 치료하라고 가져온 거지 먹으라고 가져온 게 아냐!"

좐터우가 침을 흘리며 말했다. "옥수수는 한쪽 발에만 얼음이 배겼으니 저렇게 많은 돼지기름은 필요 없어!"

그러자 리즈가 또다시 음흉하게 웃으며 좐터우에게 말했다. "옥수수 발에 돼지기름이 흘러내리잖아, 그렇게 먹고 싶으면 저거라도 핥아 먹든가."

나는 본능적으로 발가락을 오므렸다.

좐터우가 내 발을 가리키며 물었다. "그렇게 말하면 내가 못 핥을 거라고 생각해?"

"넌 절대 못할 걸. 아니면 어서 핥아 봐!" 내가 발을 내밀었다.

그러자 말 끝나기 무섭게 좐터우가 내 발을 잡았다. 나는 놀라서 발버둥쳤다. "너 정말 내 발에 묻은 돼지기름을 먹을 셈이야?"

그때 뜨뜻한 무언가가 내 발을 훑고 지나갔다. 녀석은 정말로 발에 묻어 있는 돼지기름을 혀로 핥고 있었다.

절름발이 탁상시계

나와 리즈는 뤄 단장의 아들 다뤄가 우리 학교 남자 아나운서가 되었다는 소식을 받고 충격을 받았다.

개학 전에 천양양과 다뤄가 시험 방송을 몇 번 시도했는데, 애들이 다뤄의 목소리가 방송에서 나오자 배꼽을 잡았다고 한다. 나는 학교 방송을 들어보지 못했는데, 리즈는 학교를 욕하고 다뤄를 욕하면서, 방귀 뀌는 것 같은 이상한 목소리를 가진 놈이 학교를 대표하는 방송실 아나운서라면, 자신은 베이징의 큰 방송국 아나운서도 될 수 있을 거라고 했다. 리즈가 말하는 베이징 방송국은 중앙인민방송국을 가리키는 것이었다.

학교 방송이 송출되는 시간은 오후 세 시부터 네 시까지였고, 그 시간에는 농장 굴뚝 위의 확성기에서 방송을 하지 않았다.

리즈는 골이 잔뜩 나서 말했다. “옥수수, 이따 세 시에 우리 학교 방송 좀 들어 봐. 너무 웃겨서 배꼽 빠진다니까. 다뤄가 하는 방송은 정말 참새가 짹짹거리는 것처럼 들리더라니까!”

오후 세 시가 안 되어 학교 방송이 시작하기 전이었는데 갑자기 나쁜 소식이 들려왔다. 목욕탕 보일러실에서 뜨거운 물을 데우는 꽈배기 아재가 죽었다는 것이었다. 굴뚝 위에서 떨어져 죽었다고 했다. 어떤 사람은 꽈배기 아재가 땅에 떨어져 납작 꽈배기처럼 납작하게 눌려 죽었다고 했다.

소식을 들은 내 마음이 순간 철렁했다.

우리가 굴뚝 밑에 도착했을 때 꽈배기 아재는 들것에 실려 가고 있었다. 내가 리즈에게 말했다. “아재는 도대체 왜 굴뚝 위에 올라갔을까?”

리즈도 놀라서 얼굴이 백지장처럼 하얗게 변해 혈색이라곤 찾아볼 수 없었다. “그걸 나한테 물어보면 어떡해? 내가 어떻게 알겠냐고.”

좐터우가 굴뚝 꼭대기를 쳐다보고 말했다. “누가 나한테 백 위안을 준다고 해도 난 절대로 안 올라가.”

그날 저녁에 나는 엄마를 통해 꽈배기 아재가 왜 죽었는지 알게 되었다. 농장의 굴뚝 위에 매달려 있던 큰 확성기 중에서 가장 큰 놈은 너무 무거워 매달아 놓을 때 튼튼하게 매달지 못하고 엉성하게 대충 매달아 걸어 놓았다. 그 확성기는 그날따라 바람이 너무 세게 불어 유난히 흔들거리며 금방이라도 땅에 떨어질 것 같았다.

그러나 모두들 굴뚝 꼭대기에 올라가 확성기를 단단히 매어 놓을 생각은 하지 않고 그저 입으로 바람이 너무 심해 올라가면 위험하다고만 했다. 뤼 단장이 도착했지만 그 역시 굴뚝 밑에 서서 손을 허리에 짚고 화를 낼 뿐 정작 해결책은 제시하지 못했다. 그때 마침 꽈배기 아재가 석탄을 싣고 뤼 단장 앞을 지나치는데, 누군가 우스갯소리로 아재에게 말했다. "이봐 꽈배기, 자네 저 굴뚝 위에 올라가서 저기 저 제일 큰 확성기를 단단히 고정시킬 수 있겠어?"

꽈배기 아재는 이렇게 말했다. "그럼 저한테 색시를 소개시켜 주실래요?"

그 말을 들은 뤼 단장은 두 눈을 반짝이며 대답했다. "그야 물론이지! 내가 이쁜 색시로 꼭 소개시켜 주지."

꽈배기 아재는 뤼 단장의 얘기를 듣자마자 장갑을 끼고

솜옷을 입었는데, 솜옷이 바람에 날리기라도 할까 봐 끈으로 솜옷을 묶었다. 바람은 아주 심하게 불었고 추위가 칼날이 되어 아재의 온몸을 할퀴었다.

그렇게 바람과 싸우며 힘들게 굴뚝 절반쯤 올라가던 아재는 그만 땅에 떨어졌다.

나는 중얼거렸다. "그깟 확성기 때문에 꽈배기 아재가 죽다니, 그건 개죽음이야."

엄마가 경고했다. "이 얘기는 딴 사람들한테 절대 하지 마, 뤄 단장이 꽈배기한테 열사 호칭을 내렸단 말야."

나는 화가 났다. "열사는 무슨 얼어 죽을!" 속이 부글부글 끓었다. 엄마와 얘기하는 동안 화가 머리끝까지 치밀어서 미칠 것만 같았다.

나는 리즈네 집 앞을 서성거리며 머뭇거리고 있었다. 나는 나에게 무슨 일이 일어났다고 생각했다, 그것도 아주 중요한 일이. 큰길로 나갔지만 길 잃은 어린 사슴처럼 거리를 배회할 뿐 어디로 가야 할지 감이 잡히지 않았다.

마침내 내가 도착한 곳은 보일러실 앞이었다. 보일러실 문은 살짝 열려 있었고 인기척이 없었다. 나는 열려 있는 문틈 사이를 비집고 들어갔다. 보일러 뚜껑이 보일러 안에서 새어 나오는 빨간 불빛을 덮고 있었고, 보일러실은 아주 조용했다. 그런데 갑자기 코 고는 소리가 들려 나는 깜짝 놀랐다. 나는 어쩌면 꽈배기 아재가 죽은 게 아니라 피곤해서 잠깐 자고 있는 거라고 생각하고 싶었다. 아저씨가 쉬는 작은 쪽방으로 들어가 보니 처음 보는 아저씨가 코를 골고 있었다.

창가에는 여전히 절름발이 탁상시계가 놓여 있었다. 가슴이 먹먹해졌다. 창가로 걸어가 자세히 보니 시계는 더 이상 움직이지 않고 있었다. 시계는 아재가 이곳을 떠난 후 함께 생을 마감한 것처럼 보였다. 나는 시계를 들고 한참을 바라보고 있었는데, 누군가 갑자기 내 어깨를 찰싹 때렸다. "내려놔!"

코 골며 자고 있던 아저씨였다.

내가 시계를 내려놓았는데 아저씨가 삐딱하게 서서 나를 노려보았다.

"너 여기 왜 들어왔어? 시계 훔치러 왔어?" 보일러공은 나를 좀도둑 쳐다보듯 했다.

나는 뒤돌아서 보일러실 문 쪽으로 걸어갔다. 그리고는 걸음을 멈춰 그 아저씨한테 말했다. "그 시계 저 주세요! 저는 꽈배기 아재랑 잘 아는 사이예요."

"뭐라고? 네가 꽈배기랑 잘 아는 사이라고? 저건 고장났어!"

"고장났어도 갖고 싶어요."

코골이 아저씨는 창가에서 제대로 서지도 못하고 기울어져 있는 시계를 보고 말했다. "이깟 고장 난 시계는 갖다 뭐하게?"

"그래도 갖고 싶어요."

아저씨는 손을 저으며 말했다. "그럼 가져가렴."

나는 창가로 다가갔다. 기쁘지도 않았고, 그 아저씨한테 고맙다는 인사를 할 마음도 없었다. 창가에 있는 절름발이 시계를 집어 드는데 갑자기 거친 숨소리가 들려왔다. 나는 살짝 겁이 났다.

보일러공 아저씨 옆을 지나치는데 아저씨가 갑자기 까무잡잡하고 투박한 손으로 내 손에 들고 있던 시계를 빼앗아 시계가 정말 고장 났는지 흔들어 확인한 다음에야 나에게 건네주었다. 그 아저씨가 시계를 흔들 때 그 안에서 와르르 와르르 하는 소리가 들렸다.

나는 두 손으로 시계를 받아 들고 집으로 달렸다. 나는 단지 꽈배기 아재를 기억하고 싶었다. 그리고 이 시계는 아재가 남겨준 것이라고 생각하고 싶었다.

나는 시계를 우리 집 창틀에 올려놓고 밖으로 나갔다. 내가 집에 없을 때 엄마가 들어와 시계를 발견하고 물었다. "이건 또 어디서 주워 온 거야?" 동생은 형이 주워 온 거라고 했다.

엄마는 시계를 집어 마당의 잡동사니 더미에 던져 버렸다. 그 사실을 안 나는 시계를 주워와 깨끗이 닦은 뒤 내 방 창틀에 올려놓았다. 그리고 시계가 다시 움직이기를 바라는 마음에 분해하기로 결심했다. 시계가 잘 맞든 안 맞든, 느리든 빠르든 그런 건 중요하지 않았다. 나는 그저 시계가 움직이는 소리를 듣고 싶었을 뿐이다.

절름발이 탁상시계를 다 분해하자 놀랍게도 그 안에서 돈이 떨어졌다. 세어 보니 모두 9위안 8전이었다.

꽈배기 아재는 이 시계를 저금통으로 사용했던 모양이다. 보일러공의 월급은 아주 적어 겨우 입에 풀칠이나 할 정도라고 들었는데, 도대체 언제부터 이 돈을 모으기 시작했던 걸까?

꽈배기 아재는 이 돈을 모아서 장가를 가려고 했던 걸까? 색시를 구하려면 도대체 얼마나 필요한 거지? 얼마를 모으면 색시를 얻을 수 있지?

어쩌면 그건 꽈배기 아재 일생일대의 원대한 꿈일지도 몰랐다. 나는 조용히 그 돈을 다시 시계 안에 넣어 두었다. 시

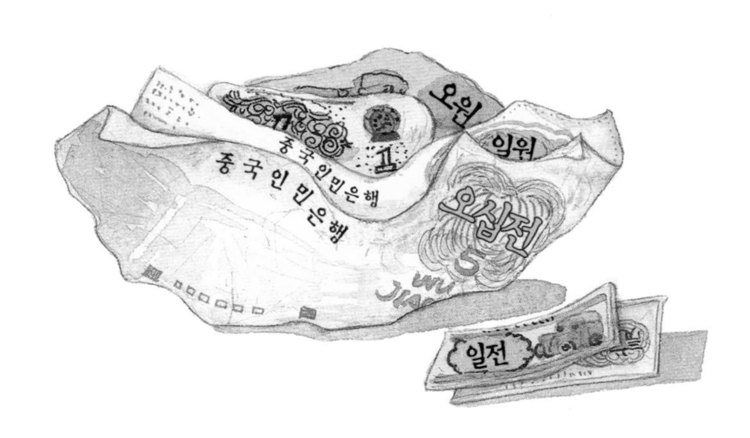

계 수리는 포기했고, 그래서 시계는 계속 멈춰 있었다. 그날 이후 나는 시계를 볼 때마다 당시 시간에 맞춰 손으로 시침과 분침을 돌려 놓으며, 그렇게 조금씩 시계에 생명을 불어넣어 주었다.

대신 써준 작문 숙제

농장 굴뚝 위의 확성기가 방송을 시작했다. 그날도 바람이 너무 세게 불어 방송할 때마다 끊김이 심해 무슨 말을 하는지 잘 알아들을 수 없었다. 무슨 장젠서라는 사람의 업적을 설명하는 거 같았는데, 그 사람을 열사라고 칭했다.

나는 건성으로 들었다. 개학한 지 일주일 후, 국어 선생님이 작문 숙제를 내주면서 독후감을 쓰라고 했다. 작문 제목은 신문에 난 기사를 읽고 난 뒤 정하라고 했다. 글씨 잘 쓰는 여자애가 신문 기사를 칠판에 빼곡히 적기 시작했다.

나는 작문을 싫어하지 않았다. 아니, 좋아했다. 그래서 리즈와 좐터우의 작문 숙제는 늘상 내 몫이었다. 나는 오후에 좐터우와 리즈의 숙제를 대신 해주고 내 작문은 밤에 할 계획이었다.

두 녀석은 내게 칠판에 적힌 글을 잘 읽고 쓰라며, 자기들 작문에 이상한 내용이 들어가면 절대로 안 된다고 신신당부했다. 그리고는 말 끝내기 무섭게 교실 밖으로 나갔다. 녀석들이 떠난 교실에 남아 나는 천젠서라는 사람의 업적에 대해 읽기로 했다.

칠판에 글씨 쓰는 여자애는 글씨를 더 예쁘게 쓰기 위해 아주 천천히 필사했다. 나는 앞으로 나가 그 애 손에 들린

북방일보

BEIFANG RIBAO

마오주석 말씀

전심전력으로 인민을 위해 복무한다

장젠서 동지의 뜻을 받들어 용감한 희생 정신을 계승하자

장젠서 동지에게 배우자

신문을 보았다. 순간 충격이었다. 그 장젠서라는 열사는 알고 보니 꽈배기 아재였다. 빽빽한 글씨 옆엔 꽈배기 아재의 사진이 붙어 있었다.

꽈배기 아재가 장젠서라는 사람이었어? 꽈배기 아재가 열사라고?

나는 신문에 실린 장젠서라는 열사와 내가 아는 석탄재를 뒤집어쓴 꽈배기 아재가 같은 사람이라는 사실이 도무지 믿기지 않았다.

칠판에 쓴 장젠서의 업적을 읽고 있는데, 갑자기 눈앞이 뿌옇게 보였고 예쁜 글씨 안에서 어떤 남자가 나를 보고 슬프게 웃고 있는 것만 같았다. 칠판에는 하얀색 비가 내리기 시작했다.

나는 리즈와 좐터우의 작문 숙제를 재빨리 끝냈다. 정말 눈 깜박할 사이라는 표현이 딱 적합했다. 그 글들은 다 쓸데없는 헛소리였고 진심에서 우러나온 게 전혀 아니었다. 그저 마음이 썩은 사람들에게 보여주기 위한 글일 뿐이었다. 모두가 그렇게 쓸 것이다. 다른 점이 있다면 나는 거기에 두 친구들의 장래 희망을 덧붙였다는 점이었다.

리즈와 좐터우는 운동장에서 실컷 놀다 돌아와 각자 작문 숙제를 가지고 베끼러 갔다. 녀석들의 표정은 똑같았다. 둘 다 자기 손과 머리는 까딱도 하지 않고 가만히 앉아서 남이 고생해서 얻은 결과를 누리며 만족해 했다. 녀석들의 얼굴은 기쁨으로 가득 찼고, 얼굴에 홍조마저 띠었다. 둘은 내게 감사를 표하는 듯 어깨를 토닥였다.

나는 내가 아는 꽈배기 아재의 진실한 모습을 글로 써내고 싶었다. 밤늦게 집에 도착했을 때 우리 집은 정전되어 있었다. 나는 작은 방으로 들어가 탁상시계 옆에 초를 놓고 불을 붙였다. 그리고는 탁상시계에게 말했다. "난 이제 남들에게 진실을 알려줄 거야."

절름발이 탁상시계는 나를 향해 있었는데, 그때 처음으로 탁상시계도 생명이 있고, 심장이 뛰고 있다고 느꼈다. 탁상시계의 눈은 촛불에 비추어져 밝게 깜빡이고 있었다.

나는 장젠서, 아니 꽈배기 아재를 어떻게 알게 되었는지부터 차근차근 아재 이야기를 쓰기 시작했다. 처음 만난 그해 마지막 날 아재가 나를 위해 작은 목욕탕에 뜨거운 물을 부어 주고 색시를 얻고 싶은 꿈을 꾸고 있었다는 얘기도 썼다. 또 뤄 단장이 아재에게 예쁜 색시를 구해 주겠다는 약속을 했기 때문에 높고 높은 굴뚝 위에 올라간 사실도 썼다.

색시를 얻고 싶은 마음에 꽈배기 아재는 모든 것을 마다하지 않았다는 것을.

글을 다 쓰고 나니 장젠서 때문에, 내가 아는 꽈배기 아재 때문에 다시 한 번 가슴이 시리고 코끝이 찡했다.

나는 작문을 제출했다. 그리고 '우수'를 받고 내가 사람들 앞에서 내 글을 낭독하기만을 기다렸다. 국어 담당 멍장여우 선생님은 지식청년이었다. 나는 선생님의 수업을 좋아했다. 수업 중에는 언제나 선생님이 책을 많이 읽은 지식인임을 느낄 수 있었다. 선생님의 그런 배경은 복잡해서 교사 노릇을 하는 게 쉽지만은 않았다. 그래서인지 선생님은 어느 순간부터 수업시간에 더 이상 열정적이지 않았고, 많은 자료를 인용하지도 않고 수업시간을 대충 때우는 것 같기도 했다.

천양양의 아버지인 공선대 대장은 멍장여우 선생님께 경고장을 내린 적이 있었다. 한 번만 더 수업시간에 허튼소리를 한다는 제보가 들어오면 그 즉시 교사 자격을 박탈하고 우리 아버지가 노동하는 곳으로 보내겠다고 으름장을 놨다. 그곳에 가면 겨울에는 똥을 푸고 여름에는 땅을 갈고 가을에는 살얼음을 깨며 콩대를 잘라야 했다. 봄에는? 봄에는 하루 종일 등불 없는 어두컴컴한 구들에 꿇어앉아 반성문을 써야 한다고 했다.

사실 선생님은 교사라는 직업을 자신의 천직으로 여겼다. 선생님은 농장에서 자신이 할 줄 아는 일이라고는 학생들을 가르치는 것뿐이라고 생각했다.

작문 채점이 끝났다. 리즈와 좐터우는 모두 '우수'를 받았다. 좐터우는 작문지를 받고 '우수'라는 점수를 보더니 나를 툭 쳤다. 리즈 역시 '우수'를 받아 들고 기뻐서 나를 툭 쳤다. 나는 작문지를 돌려받지 못해 작문 공책을 나눠준 아이에게 다가가 혹시 내 공책을 빠뜨리지 않았는지 물어보았다. 그 친구는 아차 하며 멍 선생님이 나를 호출했는데 깜빡 잊고 알려주지 않았다고 했다.

멍 선생님과의 진지한 대화

책 속에 파묻힌 멍 선생님이 고개를 들고 근시 안경을 벗어 옷소매로 닦은 뒤 다시 끼고 나서 나를 쳐다보았다. "왔구나."

나는 내심 내 작문 성적이 궁금했다.

"위성아!"

나는 대답하지 않았다. 속으로 실망하고 있었기 때문이다.

"위성아…."

"선생님, 제 작문이 별로였나 보네요…. 그렇죠?"

"내가 너한테 어떤 점수를 줘야 한다고 생각하니? 우수? 양호? 중? 중하?…."

"모르겠어요."

"위성아, 다시 쓰도록 해라."

"왜요?"

"이 글은 네가 잘 보관하고, 작문은 다시 쓰도록 해."

"왜요?"

"…………."

"선생님, 이유가 뭔데요?"

"위성아…." 멍 선생님은 여전히 내 이름만 불렀다. 선생님은 대충 얼버무리려는 듯했다.

"저는 왜 그래야 하는지 이유를 알고 싶어요."

"위성아, 앉으렴."

나는 앉지 않고 난처해 하는 선생님의 얼굴을 뚫어지게 쳐다보았다.

"위성아, 너는 너무 진실하게 글을 썼더구나."

"진실하게요? 진실하게 쓰면 나쁜 건가요?"

"내가 어떤 대답을 해주기 바라니?"

"사실대로 말해 주세요. 전 선생님의 속마음을 듣고 싶어요."

"예를 들면 말이다, 이 세상 만 명의 사람들이 모두 같은 주장을 내세우는데 너 혼자만 그들의 주장과 다르다면, 그건 네가 틀린 거야. 네가 옳지 않은 게 된단다….”

겨우 열두 살 어린애인 나는 열심히 머리를 굴려 멍 선생님의 말이 무슨 뜻인지 생각하고 있었다.

“모든 사람들은 장젠서가 확성기 때문에 목숨을 바친 열사라고 생각해. 그런데 네 작문에는 장 열사가 색시를 얻기 위해 높은 굴뚝에 올라갔다고 했어. 그럼 요즘 매일 방송에 나오는 장젠서는 뭐가 되겠니? 신문에 나오는 장젠서 얘기는? 또 장젠서와 관련이 있는 사람들은 어떻게 되겠어?…”

“알겠어요. 진실을 얘기하면 안 되는 거였군요.”

“아냐, 진실은 반드시 얘기해야 돼. 다만 지금은 진실을 말하지 말라는 것뿐이란다.” 선생님이 자리에서 일어나 내 머리를 살짝 쓰다듬었다.

나는 멍 선생님 사무실에서 나왔다. 한참을 걷다 뒤돌아보니 선생님이 문 앞에 서서 손을 흔들고 있었다.

“내 말을 잘 알아들었을 거라 생각한다. 네 글은 잘 남겨두도록 할게. 사실 네 작문 점수를 어떻게 줘야 할지 모르겠다. 스물네 살밖에 안 된 교사에게 열두 살짜리 위성이란 아이의 진실된 작문을 채점할 권리는 없어. 네 작문은 만 명의 작문과는 너무나 다르잖니.” 멍선생님의 마지막 말이 내 가

맹선생님
사무실

슴에 울렸다.

나는 멍 선생님과 깊은 대화를 나누었음을 느낄 수 있었다. 내가 선생님의 진심을 알고 싶어 다그치긴 했지만….

그날 나는 집으로 돌아가 저녁밥을 준비하고 계신 엄마에게 물었다. “아버지의 그 얇은 검은책을 볼 수 있어? 책 제목이 뭐야?”

엄마는 나를 노려보고 딱 한 마디 했다. “죽었어.”

엄마는 확실히 그 책이 죽었다고 말했다.

나는 더 이상 묻지 않고 밖으로 나가 어두컴컴한 곳에 혼자 서서 멍 선생님과의 대화를 돌이켜보았다.

가짜와 진짜

나는 자라면서 가식적 행동을 배우게 되었는데, 그것은 내가 성장했음을 증명했다. 멍 선생님의 권유를 따라 나는 이십오 분만에 위선적인 내용의 작문을 써냈다. 나의 마음을 읽은 멍 선생님은 진짜가 아닌 가짜 점수인 '우수'를 주셨다.

그날 이후로 나는 작문을 이 세상에서 가장 지루한 일이라고 생각하게 되었다.

어느 날 학교의 여자 아나운서 천양양이 교실 문밖에서 큰 목소리로 나를 찾았다. "판위성 어디 있니?"

리즈가 물었다. "옥수수는 왜 찾아?"

"방송 대본 좀 써 달라고 하려고."

나는 교실 안에서 천양양이 리즈에게 하는 얘기를 들었지만 못 들은 척 교실 밖 천양양을 쳐다보지 않았다. 천양양은 교실로 들어와 내 앞에 섰다. "방송할 때 읽을 대본 좀 써 줘."

"난 방송 대본 같은 건 쓸 줄 몰라. 대본 잘 쓸 애를 소개시켜 줄게."

"그게 누군데?" 천양양은 나의 추천에 큰 관심을 보였다.

나는 리즈를 가리키며 말했다. "리즈가 나보다 훨씬 잘 써." 리즈가 그 말을 듣고는 달려와 나를 와락 끌어안으려고 했다.

천양양은 리즈를 힐끗 쳐다보고 미덥지 않다는 표정을 지었다.

리즈는 겸손한 척했다. "아냐, 아냐, 나보다는 좐터우가 더 잘 쓸 거야."

교활한 녀석은 내가 아니라 자신보다 작문을 못하는 좐터우의 이름을 거론했다.

내가 말했다. "사양하지 말고 네가 해!"

천양양이 말했다. "그렇게 해. 내일 오후에 원고 한 편 써서 나한테 줘."

리즈가 다급히 물었다. "뭘 쓰지?"

천양양이 대답했다. "학교의 새로운 인물, 새로운 사건, 새로운 분위기 등등 주제는 알아서 찾도록 해."

리즈가 나를 힐끔 쳐다본 후 천양양에게 난처한 듯 물었다. "꼭 내일 오후까지 내야 돼?"

천양양이 말했다. "그때까지 못 낼 거 같으면 됐어. 딴 애를 찾아 보도록 할게."

리즈가 급하게 말했다. "돼, 된다니까. 안될 리가 없지. 나한테 탱크를 폭파하라는 것도 아닌데 못할 게 뭐겠니."

천양양이 나가자 리즈가 내게 말했다. "내일 오후까지 제출해야 한대. 학교의 새로운 인물, 새로운 사건, 새로운 분위기, 알았지?"

나는 웃으며 대답했다. "그래, 알았어. 내일 오후에 써서 줄게."

"야, 잘 써 줘야 돼! 첫 번째 대본이잖니. 유식한 단어도 많이 쓰고! 천양양한테 아주 좋은 인상을 남길 수 있게 해 줘!" 리즈는 요구사항을 떠들어댔다.

"알았으니 걱정 마." 대충 지어내는 그런 대본을 쓰는 건 조금도 어렵지 않았다. 친구를 위해 그 정도쯤은 충분히 해 줄 수 있었다.

그날 밤 여덟 시에 리즈가 우리 집에 왔다. “대본 다 썼어?”

“내일 오후에 내면 되는데 왜 벌써 달래?”

리즈가 재촉했다. “지금 써. 나 여기 있을 테니 지금 빨랑 써 줘.”

나는 라디오를 가리키며 말했다. “안돼! 절대로 안돼! 8시 15분에 라디오에서 경극 〈자취위호산〉 하는 걸 들어야 한단 말야!”

“너 그거 수십 번도 넘게 들었잖아. 다 외웠을 텐데 뭐하러 또 들어?”

“너 때문에 라디오 못 들으면 대본 안 써 줄 거야!”

나의 매몰찬 대답에 리즈가 바로 꼬리를 내렸다. “알았어, 알았으니 경극 들어. 그럼 언제 써 줄 거야?”

“내일 오전 화학 시간에.” 내가 대답했다. 나는 화학 수업을 아주 싫어해서 보고 싶은 책이 있으면 늘상 화학 시간에 읽곤 했다.

리즈는 작은 종이봉지 하나를 내 호주머니에 쑤셔 넣었다. 꺼내 보니 봉투 안에 고소한 냄새를 풍기는 땅콩이 들어 있었다. 산둥성의 땅콩을 헤이룽장성에서 먹는다는 건 흔한 일이 아니었다. 나는 땅콩을 네 등분하여 일 인당 여덟아홉 개씩 동생들과 엄마에게 나눠주었다.

엄마가 물었다. "어디서 난 땅콩이야?"

"아까 리즈가 주머니에 쑤셔 넣어 줬어."

"리즈가? 왜 자기가 안 먹고 널 줬어?" 엄마는 의심스럽다는 듯 말씀하셨다.

"리즈가 뭘 부탁해서 해 주기로 했더니 준 거야. 내가 번 거니 맛있게 드셔."

엄마는 땅콩을 옆에 두고 또 물었다. "네가 번 거라니, 리즈가 뭘 부탁했는데?"

"학교에서 방송할 대본을 대신 써 주기로 했어."

엄마의 얼굴이 긴장감으로 굳어졌다. 엄마는 땅콩을 모두 걷어 모은 뒤 말했다. "그렇다면 이 땅콩은 먹으면 안 되겠

다. "

땅콩을 보고 좋아서 환하게 웃고 있던 동생들은 엄마의 말을 듣고 실망한 얼굴로 엄마를 빤히 쳐다보았다.

"왜 먹으면 안 돼?" 내가 묻자 엄마가 말씀하셨다.

"학교 방송 대본을 써 준다고? 열몇 살짜리 애가 뭘 쓸 줄 안다고? 그러다 큰일 난다고 말했니 안 했니! 네가 아버지보다 유식해? 아버지보다 보고 들은 게 많니? 아버지보다 생각이 깊어? 그런 아버지한테도 큰일이 났잖아, 큰일이!" 엄마는 아버지 얘기만 하면 흥분해서 감정을 주체하지 못했다.

나는 다시 땅콩을 네 등분하여 나누면서 말했다. "그냥 드셔. 대본 안 쓰면 되잖아."

남동생이 얘기를 듣자마자 땅콩을 집어갔고, 여동생도 자기 몫을 챙겼다. 엄마는 확실한 대답을 듣고 싶어했다. "진짜지? 진짜로 안 쓰는 거다, 어?"

"응, 안 쓸 거야."

"그래, 안 쓰겠다니 됐다." 그리고는 엄마 몫의 땅콩을 동생들에게 나눠주었다. 여동생이 땅콩 한 알을 집어서 엄마 입에 넣어 주었다. 남동생도 여동생을 따라 엄마 입에 땅콩을 넣어 주었다.

다음날 나는 화학시간에 좋은 일, 착한 사람에 관해 아무렇게나 작문을 지었고, 지은이는 리즈의 이름 천젠궈라고 썼다. 리즈는 신이 나서 작문을 베껴 쓴 뒤 점심시간에 천양양에게 건네주었다.

리즈는 환한 표정을 지으며 교실로 돌아와 말했다. "천양양이 엄청 만족해 했어. 자기가 여태 본 대본 중에서 제일 잘 썼다며 앞으로 나한테 계속 써 달랬어."

나는 주먹을 날리는 척하며 말했다. "너도 가짜고 나도 가짜야."

리즈가 나를 쳐다보고 물었다. "그게 무슨 뜻이야?"

내가 대답했다. "네가 썼다는 것도 가짜고, 내가 썼다는 것도 가짜잖아."

리즈는 나를 빤히 보고 말했다. "네 말이 참 철학적으로 들린다."

"그럼… 뭐가 진짜야?"

리즈의 물음에 나는 이렇게 말했다. "때로 진짜는 숨겨 놔야 할 때가 있어!

숨겨놓은 검은 책

그날 밤 생각지 않은 일이 생겼다. 천양양이 우리 집을 찾아왔고, 나는 엄마에게 대문을 열어주라고 했다.

천양양이 말했다. "판위성에게 할 얘기가 있어 찾아왔어요."

나는 영문을 몰라 어리둥절해 했다. 천양양은 방송 대본을 쓴 사람이 리즈가 아니라 나라는 것을 알고 있었다. 나는 아니라고 발뺌했지만, 천양양은 웃으면서 말했다. "그래야 소용없어. 네가 썼다는 거 아니까."

"그거 때문에 찾아온 거야?"

"아니, 그것 때문에 너를 찾아온 게 아니야."

그러더니 나에게 낡은 종이로 감싸져 있는 무언가를 건네주었다. 만져보니 책 같았다. 나는 예전에 같은 반 친구에게

서 몰래 금서를 빌린 적이 있었다. 하지만 여자애한테서 책을 빌려 본 적은 단 한 번도 없었다. 더구나 천양양처럼 특수한 신분의 여자애한테 말이다. 그 애의 아버지는 공선대 대장이고 우리 집에 쳐들어와 책을 모조리 뒤져가지 않았던가. 그런데 이 밤중에 찾아와 나에게 주동적으로 책을 건네주다니 의심스러운 일이 아닐 수 없었다.

"이게…. 무슨 책이야?" 나는 무의식적으로 경계하고 있었다. 공선대 대장인 그 애 아버지가 천양양을 통해 나에게 덫을 놓았을지도 모른다는 생각에 겁이 덜컥 났다.

"집에 들어가서 열어 봐. 전에 이 책을 읽어 봤는데 느낌이 좋았고 너도 꼭 읽어 봐야 한다고 생각했어. 그래서 너한테 주려고 가져왔어."

오늘 밤은 뭔가 특별했다. 차가운 바람을 타고 내 앞에서 살짝 거리를 두고 서 있는 천양양에게서 풍기는 좋은 냄새가 코끝을 스쳤다.

"왜 이걸 나한테 주는데?"

"이건 네가 꼭 갖고 있어야 하니까!"

천양양은 말을 끝내고 뒤돌아서 걸어갔다. 그 애의 길고 긴 목도리가 날개처럼 바람에 휘날리고 있었는데, 문득 추운 겨울이 끝나고 봄날의 밤으로 날아갈 것만 같았다.

나는 이 책을 비밀로 해야 할 것 같아서 옷 속에 쑤셔 넣고 집으로 들어왔다. 엄마는 근심이 가득 찬 얼굴로 물었다.

"그 애가 왜 또 널 찾아왔어?"

"별일 아니야. 리즈 때문에 찾아온 거야."

"리즈 때문에? 공선대 대장 딸과 어울리는 건 위험해. 네가 한 말을 그 애가 자기 아버지한테 일러버리면 어떡하려고? 조심해야 돼!" 엄마는 내 몸이 투명하게 변해서 내 머릿속에 뭐가 있는지, 뭘 생각하고 있는지 다 꿰뚫어보고 싶어 하는 것 같았다.

나는 사실은 내 마음에 작은 창고가 하나 있고, 그 안에 감춰 놓은 것들이 갈수록 복잡하게 쌓여가고 있어 깨끗이 정리할 수 있는 능력이 필요하다는 걸 엄마에게 말하고 싶지 않았다.

"엄마, 나 사고 안 칠 거니까 아무 걱정하지 말아." 그렇게 말하고 나니 엄마의 표정이 한결 부드러워졌다. 나는 내 품속에 있는 책을 어떻게 처리해야 할지 고민했다. 나는 화장실에 가는 척하고 낡은 종이에 싸여 있는 그 책을 닭장의 알 낳는 곳에 숨겼다. 겨울에 닭은 알을 낳지 않으니 거기에 두면 아무에게도 들키지 않을 것이다.

한밤중에 천양양이 준 것이 어떤 책인지 궁금해서 잠이 잘 오지 않았다. 다음날 새벽에 식구들 중 제일 먼저 일어난 나는 화장실에 가는 척하고 닭장으로 가서 조심스럽게 책을 꺼냈다. 그리고는 화장실로 가서 쭈그리고 앉아 낡은 종이를 벗겨냈다. 누렇게 변색된 책이었다. 제목은 〈고개 젓는 푸른 옥수수〉. 저자 이름을 보고 깜짝 놀랐다. 판칭.

그것은 아버지를 잡혀가게 만들었던 아버지의 '검은책'이었다.

천양양은 어떻게 이 책을 갖고 있었을까? 나는 여러 가지 추측을 하다가 천양양이 한 말을 떠올렸다. "전에 이 책을 읽어봤는데 느낌이 좋았고 너도 꼭 읽어봐야 한다고 생각했어."

나는 아버지의 검은 책을 읽기 시작했고 거기에 빨려들었다. 아버지는 우둔한 청년에 대해 쓰셨는데, 복잡한 마음을 품고 생명 속의 사람과 일에 대해 관찰하며 어떤 일과 사람을 의심하는 그런 내용이었다. 아버지는 자신을 익지 않은 푸른 옥수수에 비유했다.

내 별명은 옥수수였다.

인생에는 우연의 일치 같은 게 있다. 아버지는 책에 아버지 자신에 대해 쓰기도 했지만 나에 대해 쓴 것 같기도 했다. 이 책은 아마도 아버지가 남기신 유일한 책이고, 한 사람의 불행한 세월을 기록한 책일 것이다. 나는 비닐봉지에 책을 넣고 곰팡이가 생기지 않게 꽁꽁 동여맨 뒤 삽으로 얼어붙은 땅을 파내어 그 안에 묻어 버렸다.

그날 나는 학교에서 천양양를 보았다. 솔직히 말하면 나는 일부러 그 애와 마주칠 기회를 호시탐탐 노렸다. 그 애가 내 옆을 지나치는 찰나에 나는 급하게 한마디 했다. “고마워.”

천양양은 나를 힐끗 쳐다보고 고개를 끄덕였다. 여전히 분홍색 목도리로 얼굴을 감싸고 있어서 그 애의 웃는 모습은 볼 수 없었지만, 두 눈은 나를 향해 웃고 있었다.

아버지는 그 책에서 이렇게 말씀하셨다. “… 사람은 어둠 속에 있을 때 비로소 타인을 잘 볼 수 있다….” 정말 멋진 글귀였다.

일주일이 지난 어느 날, 한밤중에 나는 꿈에서 깨어났다. 아주 환상적인 꿈이었다. 꿈에서 얼어붙은 땅에 묻어 놓은 ‘검은책’에 새싹이 돋아났고, 흙을 파헤쳐 보니 그 안에 많은

옥수수 마침내
진실을 말하다
-옥수수 지음

책들이 자라나고 있었다. 그리고 책 표지에는 나의 별명인 '옥수수'라고 써 있었다.

땅에서 자라고 있던 책과 책 제목이 내 머릿속에 또렷이 남았다. 〈옥수수 마침내 진실을 말하다〉. 마침내 내가 입을 열어 진실을 쓴 것이다, 진실을!

다른 해와는 유독 다른 느낌을 주는 그 해 겨울이었다.

나는 열두 살의 그 일을 여전히 기억하고 있다. 천양양이라는 여자애는 자기 아버지가 우리 아버지의 책을 모조리 몰수했지만, '검은책'을 보관하고 있었다.

나는 결코 남들이 말한 것처럼 나쁜 사람이 아니었던 아버지가 돌아오기만을 기다렸다. 아버지에게 그 '검은책'이 죽지 않고 아직 살아있다는 기쁜 소식을 알려드리고 싶었다. 또 내게 아버지와 같지만 또 다른 꿈이 있다는 것도. 나는 내 마음속의 우울함이나 근심 걱정 따위에 대해서는 말하지 않을 것이다. 너무 많아서 다 말한다면, 그건 너무 남자답지 못하니까….

굴뚝 밑 아이들

1판 1쇄 발행 2023년 1월 25일
1판 2쇄 발행 2024년 10월 24일

지은이 창신강
그린이 마위
옮긴이 백은영
펴낸이 박찬규
디자인 Gem

펴낸곳 구름서재
등록 제396-2009-000058호
주소 서울시 마포구 서교동 375-24 그린홈 403호
전화 02-3141-9120 | **팩스** 02-6918-6684
이메일 fabrice@naver.com
블로그 http://blog.naver.com/fabrice

ISBN 979-11-89213-35-0 (43820)